2006

시인협회

책머리에/

 돌아보면 올해는 여러 가지로 다난한 해였습니다. 예년에 없었던 여름 더위나 폭우, 강풍, 폭설 등 기상재해가 끊이지 않았는가 하면 정치적으로는 북한의 핵실험과 이어서 빚어진 국제 정세의 불안이 한반도를 몰아치기도 하였습니다. 이웃 강대국들은 혹은 우리의 고유 영토를 자기 것으로 우기기도 하고, 자랑스런 우리의 고대 역사를 자신들의 것으로 편입시키고자하는 망동을 저지르기도 하였습니다.

 이런 때일수록 우리 시인들은 그 누구보다도 국어 사랑, 나라 사랑의 정신으로 민족의 정체성을 지키는 일에 앞장을 서야 하리라고 생각합니다. 한 나라의 언어란 바로 그 민족의 정신이자 영혼이기 때문입니다. 한 민족어로 쓰여진 시가 비록 그 내용에 직접적인 진술이 표현되어 있지 않다 하더라도, 시 그 자체로서 민족 사랑, 국가사랑이 될 수 있는 이유도 여기에 있습니다. 시류적인 시인들이나 평론가들의 상투적인 언동처럼 민족 시, 민족시인이 별로 있는 것이 아닙니다. 가장 아름답게, 가장 고귀하게, 가장 순결하게 한국인의 삶과 언어를 노래한 시, 시인이 바로 한국의 민족시이며 민족시인인 것입니다.

 이제 우리 협회에서는 예년에 해왔던 대로 지난 1년 동안 여러 회원들이 쓰신 시 작품들 가운데서 대표적인 것들을 한편씩을 골라 올해도 이렇게 사화집을 묶어냅니다. 우리 문단에서 가장 오래된, 그리고 가장 권위를 지닌 시인들의 모임이 바로 우리 한국시인협회인 까닭에 오늘 이 자리에서 펴낸 이 사화집이야말로 지난 일년 동안 한국시단에서 거둔 성과를 대표한 작품들의 목록이라 해도 과언이 아닐 것입니다.

2006년 11월

사)한국시인협회
회장 오 세 영

차 례/

강변

감태준

마주 서서 바라보는
산과 산 사이
강이 흐르네

지칠 줄 모르는 긴 물결이
산을 한없이
강변이 되게 하는 강

하늘이 보면
우리 사이에도 강이 있으리

좁혀 앉고 당겨 앉아도
한참 더 당겨 앉고 싶은 거리가
나를 강변이 되게 하네

노래
―天上天下

강문석

天上은,
어둠이 읽은
화엄경*전華嚴經典.
쪽빛 책장마다
보석 박힌 不立文字들.

地上은,
빛이 읽은
화엄세상.
만상의 색동 알몸들
서로 다투어 꽃 된 동산.

* 화엄경(華嚴經): 불교의 핵심 경전. 석가모니가 득도 후 첫번째로 설한 내용을 담은 경전.

베틀소리

강세화

울타리 안쪽에 커다란 감나무가 서있던
옛날 집터에서 우두커니
덜커덕 덜커덕 베틀소리 듣는다.
잔기침을 뱉으며
질기게 밤을 밝히고
베틀로 앉아서 시름을 짜 부치던
할매야 생생한 우리 할매야.
무명베 한필을 다 해도
막막하던 세월은 가려지지 안하고
초근초근 졸라대는 올마다 한숨이 길어
언제 맘 놓고 한번 웃어나 보았나.
몰래 따먹은 다래가 피어
하얗게 펼쳐지는 밭둑가에서
시도 없이 울컥하고 아득 했더니라.
베틀에 앉았던 달빛은
멀쩡하게 가물가물 떠나가고
어쩌나 망연해서 할매야 말없는 할매야.

비창 소나타
—베토벤 피아노 소나타 제8번

강영은

달팽이관에서피아노를꺼냈다피아노에서피아니스트를꺼냈다

피아니스트에게서활처럼휜휜공간과검은공간을꺼냈다알맞게벌

어진무릎과신음소리를꺼냈다작은구멍과들숨과날숨을꺼냈다등

을곧추세운긴장과축축한몰입을꺼냈다검은머리카락과머리카락

에엉겨붙은땀방울을꺼냈다땀방울속에서가느다란손가락을꺼냈

다눈먼사람처럼캄캄한빛의오르가즘을더듬기시작했다

달 팽 이 관 속 으 로 쓸 쓸 한 음 표 들 이 돌 아 오 고 있 었 다

모파네

강은교

그 나무가 뒤를 돌아보았다

그 나무의 눈은 먼데를 보는 것 같기도 하고, 그렇지 않은 것 같기도 하였다, 아무데도 보지 않는 것 같기도 하고, 그 누군가를 골똘히 기다리는 것 같기도 하였다, 아주 먼데서 온 것 같기도 하고, 아주 먼데로 떠날 것 같기도 하였다, 저 오솔길 뒤에서 누군가 잡아당기는 것 같기도 하였고, 그래서 잔뜩 몸을 오므리고 있는 것 같기도 했다

하도 만져서 귀퉁이가 달랑달랑 닳아버린 차표처럼 달랑달랑하는 잎,

그 나무 이름은 모파네였다. 나비 애벌레가 한때 살았다고 하여, 일명 나비나무였다.

빈 손의 기억

강인한

내가 가만히 손에 집어든 이 돌을
낳은 것은 강물이었으리
둥글고 납작한 이 돌에서 어떤 마음이 읽힌다
견고한 어둠 속에서 파닥거리는
알 수 없는 비상의 힘을 나는 느낀다
내 손 안에서 숨쉬는 알
둥우리에서 막 꺼낸 피 묻은 달걀처럼
이 속에서 눈뜨는 보석 같은 빛과 팽팽한 힘이
내 혈관을 타고 심장에 전해온다
왼팔을 창처럼 길게 뻗어 건너편 언덕을 향하고
오른손을 잠시 굽혔다가
힘껏 내쏘면
수면은 가볍게 돌을 튕기고 튕기고 또 튕긴다
보라, 흐르는 물 위에 번개치듯
꽃이 핀다, 핀다, 핀다
돌에 입술을 대는 강물이여
차갑고 짧은 입맞춤
수정으로 피는 허무의 꽃송이여
내 손에서 날아간 돌의 의지가

피워내는 저 아름다운 물의 언어를
나는 알지 못한다
빈 손아귀에 잠시 머물렀던 돌을 기억할 뿐.

종이학

강진규

젖은 시간의 숲으로 나는 걸어 들어간다
모든 생의 일체가 내 몸 밖으로
깊이깊이 해체되는 시간의 여린 잔해들

하얀 유리병 속에 색색의 구토들이 모여 물결을 이룬다
불면 날아갈 듯 버팅기는 시간의 허기진 구석

날이 가고 달이 지나도록
년년세세 한 마리, 한 마리마다
피워내어 피우는 성긴 울음의 꽃
차마 끝낼 수 없는 일이란
혼자 끝끝내 시간을 부수는 헐거운 장난 같은 일이다

무엇 때문이라도 말하지 못하는 허공의 말
공허가 힘이 되는 차거운 시간
팔 저린 고독을 끌며 학들은 일제히 비상의 채비를
준비한다

비릿한 밥상

강현국

허공으로부터 폭포로부터 솟구치는 연어 떼로부터 태평양으로부터 가파른 절벽 푸른 식욕으로부터 아아 어느 날 멀어진 악어로부터 피 묻은 경전으로부터 하루가 이렇게 저무는구나 늪으로부터 생선가시로부터 비린 세월의 밥상으로부터 휘영청 허리 굽은 환멸로부터 말표 신발로부터 백마는 가자 울고 날은 저무는데 속 상한 고목나무 밑동으로부터 퍼질러 앉은 권태로부터 권태의 새끼로부터 무장 해제 당한 병정개미떼로부터 다시 범람하는 허공으로부터, 아버지!

표충사 도착

강희근

갈 데까지 가버린 더위의 칼춤이
표충사 주차장 아래까지 따라왔다 질긴 것들
표충사가 내려 보내는 죽비,죽비 치는 계곡물에 붙들려
춤사위를 일단 풀거나
그 동안에 풀이 죽은 것들은 올라온 길 되돌아서
밀양시 쪽으로 갔다

관세음보살,

민박촌에서는 산채밥이 익어서 이것들
고개 밖으로 쭈욱 내밀고
춤은 춤이요 입은 입이로다
법어 같은 문자, 한참 구전口傳으로 찍어낸다

황야의 건달

고 영

어쩌다가, 어쩌다가 몇 달에 한 번꼴로 들어가는 집. 대문이 높다.

용케 잊지 않고 찾아온 것이 대견스럽다는 듯
쇠줄에 묶인 진돗개조차 꼬리를 흔들며 아는 체를 한다.
짜식, 아직 살아 있었냐?

장모는 반야심경과 놀고 장인은 티브이랑 놀고
아내는 성경 속의 사내랑 놀고
아들놈은 리니지와 놀고
딸내미는
딸내미는,

처음 몸에 핀 꽃잎이 부끄러운지 코빼기 한 번 삐죽 보이곤 방에
서 나올 생각을 않는다.
그나마 아빠를 사내로 봐주는 건 너뿐이로구나.
그것만으로도 충분히 고맙고 황송하구나. 예쁜 나의 아가야.

아무도 놀아주지 않는 식탁에 앉아 소주잔이나 기울이다가
혼자 적막하다가

문득,

수족관 앞으로 다가가 큰소리로 인사를 한다.
블루그라스야, 안녕! 엔젤피시야, 안녕!
너희들도 한 잔 할래?
소주를 붓는다.

능소화

고영섭

너를 바라보며
쉴새 없이 타고있는
내 여린 가슴의 엔진
급브레이크를 잡았으나

네 중심을 향해 쏠려가는
내 마음은
속도를 줄이지 못하고
한참이나 더 밀려갔나니

대바늘로 허벅지를
콱콱 찔러도
오므라들지 않는
붉고 노란 꽃입술

담장을 뛰어넘어
네 발목과 종아리와
허벅지를 타고 오르며
달변의 혓바닥으로 유혹하는.

실로 우연히

고영조

흰나비 한 마리
노란 민들레꽃 한송이
나이키 모자를 눌러 쓴 늙은 사내가
나란히
밭둑에 앉아 있다
민들레꽃은 밭둑에
나비는 민들레꽃에
사내는 나비등에 앉아있다
젖가슴을 풀어헤친 밭둑에는
새풀들이 마구잡이로 솟구치고
사내는 담배연기를
구름같이 피워 올리며
지금 막 붕붕 뜨고 있다
한순간에 밭둑에서 햇빛 속에서
막 피어나는 아지랑이 속에서
실로 우연히
꽃과 나비와 늙은 사내가
실로 우연히 사이좋게
밭둑에 앉아있다.

압해도* 사공

고운석

유달산 노적봉도 녹일 듯 달구는
7월 태양 결에 녹음방초 일으키고
압해도 사공들 풍랑에 땀 내음 몰아내니
노젓다 지친 몸 선상에서 쉰들 뉘 보랴
알룩조개 입 맞추며 서로서로 믿음주면
지옥 같은 풍파인들 사공들이 마다하랴

바닷빛 온기 넣어 푸르도록 잘 살라하니
고달픈 시름 감내하며 어우른 인간 삶
그물에 걸린 물고기처럼 파다닥거리고
쓰디쓴 이별인양 모든 생각 다 버리우니
거친 물살과 벗 삼아 자연섭리 알았구려

무리진 갈매기 떼 부리 끝에 매달려
집요한 입질을 보며 달려가는 압해도 어선들
고단한 일인지라 아픔도 모른 척 넘어가니
투덜대는 사공들 불만이 터져 맴돌지만
목숨이은 경륜으로 지혜를 모은 선상생활
너와 나 망망대해 어우러진 길동무여

끼웃거린 갈매기 떼 조금도 방심 말고 살펴라
휘휘 쫓아도 다시 날아오는 고기길 스승이니
황금어장 찾는데 풍파인들 겁을 내 못가랴
압해도 앞바다 불철주야 노 젓는 사공이여
만선의 그리움에 노적봉을 바라보는가

* 압해도: 목포 유달산을 바라보고 있는 섬

풀꽃들의 나라

고정애

아파트 외벽은 아득한 낭떠러지
실금으로 갈라진 콘크리트
그 틈새에 깃들어 살고 있는 삶을 본다
설마하면서
유심히 들여다보아야 볼 수 있는
작디작은 생명의 조촐한 잔치

여리고 가냘픈 연두빛 풀들이 유연하게 흔들린다
세찬 비바람에 꺾이지 않는다

높이 솟고 넓게 자리한 아파트 나라에서
실금으로 갈라진 콘크리트 외벽
그 틈새에 깃들어
여섯 장 연분홍 꽃잎을 펼친
꽃 서너 송이 거느려 살고 있는
풀꽃들의 나라를 본다.

폐물장廢物場

고창수

시공時空의 그림자 가위가
시계의 얼굴을 잘라내고 있다.
시간을 주름잡던 자전거 바퀴들도 멎었다.
그림자가 풍경의 깊이를 더해주듯
부재不在는 존재存在의 깊이를 더해준다.
정지는 운동의 깊이를 더해준다.
부재는 존재의 윤곽을 드러내는 후광이다.
시공 속에 정지된 사물들은
시공 속에서 중단된 그들의 동작을
영원 속에서 계속하고 있다.
사람의 꿈에서처럼
영원은 시공 속에
신비의 신기루 궁전을 세운다.
시간이 우리를 포위하고 있듯
영원은 시간을 포위하고 있다.
우리는 모두
영원이 시간과 충돌하여
정지된 사물들이 되살아나기를 바란다.

섬에 잠들러 간다

곽명숙

관 하나 배에 실려
이 생의 마지막 남은 포장이사 간다
딸려올 짐은 없는데
미련스런 물보라
뭍으로 뒷걸음치는 버릇
버리지 못하네

포장지에 묻은 슬픔 부스러기는
조문 온 새들에게 접대하고

깨울 자 없는 잠을 자기에
섬만 한 곳이 없어
엄마의 치맛자락 들치던
어린 손으로 돌아가
바다를 끌어 덮고
잠들 것이다

내 안에 누군가 살고 있다

곽문연

텁수룩한 수염에
자동면도기를 들이댄다
윙윙 돌아가는 회전 칼날,
제초기의 날카로운 칼날에
턱수염이 밑둥까지 무너진다

나는 황량한 들판
잡초가 무성하다

베어내도 베어내도
밤새 새움을 틔우는 모근들
억척스레 두 뺨을 움켜쥐고
놓지 않는다

누군가
내 뺨에 살고 있다

두 손에 까실까실
뿌리가 만져진다

바다의 황금률

곽현숙

구름속에 숨었다 나왔다 하는 달빛에
부숴지는 바다 황금으로 변하는
금싸라기 모래밭에 흩뿌려진 황금의 물결
떡시루에 쩌내는 바다의 노을

눈물 방울 모여서 강물을 이뤄
바다와 만나 햇빛이 소금을 빚는
결정체 반짝인다.

모래밭에 밟히는 발자국마다
하늘빛이 담아서 날려버리는 바람에게
갯벌 숨구멍으로 자라는 생물生物
숨쉬는 세포는 얼마큼 열려있는가

플랑크톤과 물고기 비늘 진주의 아픈 상처
치유의 조개의 몸부림
물결이여 멈추지 말고
영원히 그 자리를 비워가며 채워라
변하지 않는 황금률로

해일로 부숴지는 물결 잔잔해질 때까지
당겨가는 힘차게 물밑 큰 바위에
찬찬히 동여맨 밧줄 보이지 않는 손
가늠하는 물결이여
황금률이여

쓸쓸함에 관해서

구석본

그대가 남긴 쓸쓸하다는 말이
어느 날, 그대의 집이 되어 다가섰습니다
푸른 대문을 열고 쓸쓸함 속으로 걸어 들어갔습니다
추상화 같은 노란 모래가 펼쳐졌습니다
그대는 보이지 않고
햇살이 살금살금 내려 쪼이며
모래 한 알마다 그림자를 만들어 가고 있었습니다
그대의 생애가 그림자로
모래 밑에 조심스럽게 누워 있었습니다
그대 찾아가기 위해 모래를 파헤치면
그대의 생애는 더 깊이 묻혀들고
뻥 뚫린 모래 웅덩이에서
이승의 뿌리들이 이리저리 얽히더니만
순식간에 거대한 나무로 불끈 솟았습니다
속절없이 나무의 그림자가 되어 섰습니다
나뭇잎에 햇살이 빛나는가 하더니만 잎새 하나
어둡게 내리고 있었습니다
그대의 생애가 잎새로 지는 것을
비로소 보았습니다

장미 사랑

구순자

블로그
"이것도 시" 에
내가 찍은
장미꽃 사진을 올리고나니
마음이 한없이 기뻐지네
누구와 무엇을 나눌 수 있다는 거
장미꽃의 아름다움을 전할 수 있다는
그것이 기쁨이네
성경말씀이 떠오르네
"천지를 창조하신 하느님이
보기에 좋았더라"
하느님의 기쁨에 비하면
나의 기쁨은
모래알보다도 작겠지만
하느님의 말씀에 비유되는 것이
기쁨이네
장미꽃이 주는 기쁨이네

재회

구순희

뜯지도 않은 편지를 몇 번이고 보내는지

편지 받고 답장도 안 한다고
묻고 또 묻다가 청춘이 갔다지

자, 봐라
말없는 말로 채워진
이 커다란 편지

내가 통째로 왔다

나무는 상채기로 자란다

구재기

나무는 상채기로 자란다
큰 나무일수록
제 몸의 상채기는 크고 많다
때때로 바람을 불러들여
제 몸의 곁가지를 꺾어 버릴 줄 알고
때때로 큰 눈雪을 쌓아
제 몸의 무게를 털어 낸다
그때마다 상채기가
밀려오는 사랑의 거리로 아픔이 될 때
마침내 눈물로 글썽일 때
바람과 함께
제 몸을 흔들어 춤을 이루고
우듬지의 잎으로
새들을 불러들여 노래를 빚는다

나무는
상채기로 옹이를 만든다
옹이를 만드는
제 몸의 아픔으로 큰 나무가 된다

연꽃

권경애

양수리 지나 서종 가는 길
연못 가득 웃음소리 들린다.
연잎 사이 여기저기
아기 부처들, 분홍빛 웃음들
눈부시다.

부처님께서 언제
남몰래 이쁜 사랑을 하셨나?
저렇게나 많이도

그때 또 수줍은 듯
살며시 얼굴을 내미는
아기 부처 하나!

팽팽히 부푼 연못 속에서
끊임없이 아기 부처가 탄생하신다.
여름 한낮이
환하다.

거미 1

권순자

15층 아파트 창틀
허공의 절벽 앞에서 허공을 닦아내고 있다

안전한 땅, 부드러운 꽃밭을 두고서
싸늘한 공중에 이주해 살고 있다
고층 난간에 갈고리 걸어
거미줄 길게 늘어뜨리고
줄 하나하나에 온몸을 실어 허공을 또 건넌다
앞다리만 움직여서 조심히 구름의 창들을 닦는
거미의 일상은 외롭고 위태롭다
애벌레 고치처럼 자신의 집에다
제 몸을 단단히 묶어놓고 오늘 하루를 또 인내한다
지상으로 내려가고 싶은 그리움 때문에
결코 발 아래 풍경을 내려다보는 일도 없다
온몸으로 가끔 맺히는 땀방울들,
비눗물처럼 미끄럽게, 지상으로 떨어지기도 하는

15층 허공에서, 오늘도 일용 잡부 김씨 유리창을 닦고 있다

모래알 속에는

권영목

모래알에서
바다와 하늘이 보입니다

모래알 속에는
따슨 햇빛과
차가운 바람과
꿈의 별이
한 덩어리로 있습니다.

가을 한 때

권옥희

물 속에 꽃 한 송이 있다
비릿했던 양수 속에서
물풀 뿌리 같은 탯줄을 물고
그 때 나는 이렇듯 설레는 한 세상을 꿈꾸었으리
한 때 색색으로 물들여지는
아름다운 가을 나무를 꿈꾸었으리

소리 없는 바람이 끼워 넣은 이 새빨간 단풍을
나는 오늘 어쩌지 못하는데
어쩔거나, 네가 있어도 외로운 사랑
뼈가 휜 듯 기울어지는 세상

이 사랑의 기울기를 무사히 넘어가면
나 아직 멸망하지 않은 너의 숲에서
빨간 단풍 닮은 정열을 꿈꾸어 볼 수 있을까
기운 넘치는 꿈의 배경들로
너와 질펀하게 어울리던
그곳으로 들어가는 입구가 내게 잡혀줄까

힘없이 주저앉는 낭만의 꽃그늘에
불멸의 표적으로 꽂아들 꽃 한 송이
가슴을 쓸며, 쓸어내리며
단풍잎처럼 달궈본다.

낙엽

권이영

밟지만 말고
걷어차지 말고
쓸어버리려고만 하지 말고
불을 붙여 다오

한 줄기 가는 연기
연한 향기로
지상에서 사라질 때까지
불타게 해 다오

오후, 미장원 풍경

권정남

하루치 강물을 건너온 여인들이
터번을 쓰고 거울 앞에 앉아있다.
여자라는 이름의 명패를 가슴에 달고
모래바람에 수건 날리며
사막을 달려 온 모습이다.
날마다 들풀처럼 자라고 있는
귀밑 절망을 가위로 잘라내며
세상 여자들은 미장원에서
한 겹씩 껍질을 벗는다

포롱포롱 아침 새처럼 날고 싶어서
가끔은 스프링처럼 튀길 소망하며

세상 소금기에 절여진 자신들을
터번 아래로 은밀히 감추고
사막을 건너온 먼 이방인처럼
중화제약물이 주르르 볼타고 흐르면
고동색 가운을 걸친 여인들이
성자처럼 내일을 꿈꾸며
젖어있던 시간들을 드라이로 말리고 있다

봄빛이 마주르카를 추는 날

권정순

  신입생들 사진을 정리하다 들여다본다 헐렁한 교복 속에서 맑게 웃을 듯 말 듯한 표정들. 팔을 폈다 접으며 구르듯이 서 보이는 폼의 샤기컷 머리카락 아래 살짝 다문 입술에서는 락 밴드의 음악을 폭발시키는 기타리스트의 흥얼거림이 들리고 다음 사진에서는 물품을 가득 실은 대형 선박이 입항하느냐 마느냐 커다란 계약을 앞두고 베네치아 앞 바다를 바라보는 상사원의 눈빛이 담겨 있는가 하면 또 다른 얼굴에서는 격전지의 참호를 떠나 포연 속으로 뛰어나가는 일등병의 비장함이 숨어있으며 그리고 그 다음 장에서는 슬픔의 그물에 갇힌 여인을 위해 기도 드리는 목사님의 나지막하고도 간절한 목소리도 들린다 아무리 보아도 나쁜 짓 할 놈은 하나도 없다

봄 소리

권중정

이른 봄 날
연초록 개울가에 앉아
시름을 벗어 놓으니
세상에 이보다 좋을 수가
또 있을지 몰라

수정처럼 맑고 깨끗한
피라미 붕어 아이들
긴 겨울 잊고 부르는 콧노래가
한 세월을 넘어온
새 봄에 흥겨워 좋고.

조약돌 위 청개구리
새로운 모습으로 멀뚱히
떠내려가는 썩은 낙엽 바라보며
사랑을 잊어버린 나에게
새 삶을 가꾸어 보란다.

빈 도시의 가슴에 전화를 건다

권천학

전화를 건다
빈 집, 빈 방, 도시의 빈 가슴에
여보세요, 여보세요 ……
정좌한 어둠이 진저리를 친다
화들짝 놀라 깬 침묵이 수화기를 노려본다
거미의 파리한 손가락이 뻗어나와
벽과 벽 사이
공허의 모르쓰 부호를 타전해온다
여보세요, 여보세요, 여보세요 여보세 ……
뼈마디를 일으켜 세운 싸늘한 어둠이
몰고 온 찬바람
구석진 한 귀퉁이에 겨우 발붙이고 있는
체온을 딸깍 꺼버린다
가느다란 신경줄 하나
수화기 옆에 오똑 웅크리고 앉아 오로지
듣고있다, 침묵의 제 발자국 소리를
공허의 빈 들판에서 우롱, 우롱, 우롱 ……소용돌이 치는
죽음 같은 절망, 절망 같은 죽음을 쓸고 오는
허무의 바람소리를,

대리석처럼 반들거리는 정막의 물살 위에
부딪쳐 미끄러지는 벨소리
빈 집, 빈 방, 빈 도시의 가슴에서 헛되이
메아리 진다

향어 요리법

권현수

싱싱한 새벽 사이로 향어 한 마리 낚아 올린다
마른 공기 뒤척이며 요동치는 요놈을
어떻게 요리할까
짭짤한 굵은 소금의 언어 솔솔 뿌려
뜨거운 석쇠에 구워볼까
곰삭은 고추장 된장의 언어 풀어
매운탕을 끓여볼까
기억의 창고[庫]속 먼지더미까지 뒤져서
갖가지 방법으로 요리된 언어[言]의 흔적을 추적한다
시의전서是議全書에서부터 서양요리까지
'엘리엇의 특별한 요리책' 에서부터 생선요리까지
수많은 요리비법 속에 묻혀서
나는 그만 나갈 길을 잊어버린다
퍼덕이던 꼬리지느러미의 넘치는 기운도 빼고
펄떡거리던 심장의 고동소리도 잠재우고
도마위에 얌전히 누워 때를 기다리는 나의 향어
눈뜬 새벽너머 달려온 익은 아침 햇살이
숨죽인 나의 향어 위에 내려앉을 때까지
나의 요리법 추적은 끝이 없다

싱싱한 한 마리 향어는
삭는 냄새를 풍기기 시작하는데.

오솔길
―시는 어디서 오나

권혜창

생강나무 가지 사이
반짝이며 빛을 내는 허공에서
가벼운 낱말 하나 주워오고

거미의 노동이 지어낸
팽팽한 순간의 비단실과
거기 걸린 날벌레들의 몸에서
떨리는 낱말 두 개 데려오고

구름, 바람, 햇빛, 그늘에서
아무 낱말도 가져오지 않아

조용히 빈 행간
내가 걷는 오솔길
심심하고 맑은 한 줄의 시.

한로 부근

김경삼

흐른다, 가을은
묵주알 같은 고추잠자리의 눈망울에
고단한 이력의 멍울을 단다
놀은 쥐똥나무의 귓바퀴에 부고訃告를 띄우고
하늘가 잔별들의 파란 울음에도 야위어져
가는 날숨을 들어낸다 웃날든 산부리는 몸을 뒤섞으며
타다 남은 수액을 마지막까지 혓바닥에 모으다
스타카토로 절정을 끊어낸다 짧은 획을 그으며
잔광은 나무껍질에 선연한 도끼눈으로
늦은 오후를 찍어낸다 이파리들은 가슴끈을 풀고
나풀거리며 못다 한 화냥기를 부려놓는다
삿갓구름은 희미한 발자국 아래 한가장이의
슬픈 무덤을 만들며 쏘다닌다
투명한 물기를 짜낸 들판엔
까칠한 상처의 옹이만 가득 켜이고,
하나의 껍질
하나의 열매
하나의 언어까지도
가을은 깊은 병에 걸려…, 흐른다

비가 오네요

김경수

따뜻한 비가 내렸다. 그것은 차가운 내 손을 잡아주던 손이었다. 강철로 된 나무들의 머리카락 위로 김이 올랐다. 팝콘 같은 안개가 숲 속으로 밀려오고 있었다. 앞이 보이지 않는 곳에서 비로소 내가 살아 있는 사람들과 술을 한 잔 할 때 그것이 축제인 것을 알게 되었다. 모든 살아있는 존재들을 위해서는 그와 함께 있을 때 잘 해주어야 했다. 시간은 사람을 기다리지 않는다. 비를 맞으며 금이 간 바위들이 울고 있었다. 시간은 지나가버리고 나를 알던 사람들도 사라져 버렸다. 시간을 물렁물렁하게 녹이며 내리는 비를 맞으면서 심한 한기를 느꼈다. 나의 남은 시간이 주전자 속에서 끓다가 수증기가 되어 빠져나가고 있었다. 빛의 갈기를 잡고 날아간다면 시간이 느려지겠지만 영겁永劫의 세월 속에서는 왕王도 부자도 광활한 우주 속에서 평등하게 잠시 반짝이다 어두워지는 서러운 불빛이었다.

언어의 고독

김경수

시가 후줄근히 잿빛에 감긴 날
목마름에 사유가
곶감에서 배어나온
하얀 분말을 먹는다.

고독하면 고독할수록
살이 찌는 상상의 엉김
말할 수 없는 찢기는 가슴
잘라내야 할 곁가지

설령
아픔이 빗방울로 떨어져
강물 찾아 가는 길에
어둠이 달빛을 거부하여
붓끝이 흔들릴 지라도

시인의 착란을 모르는 이유보다
무한의 언어로 채색된
불면의 밤에 숨을 고르고

포기한 미련을 엮어
오해로 삽입된 몸을 닦는다

자판기에서 튀어나오는 초콜릿같이.

청간정에 가면

김경실

관동팔경 중 하나라는 청간정에 가면
살랑대는 시누대 사이로 잘생긴 바다 보이는데
그 모양이 여간 멋진게 아니더라구요.
바다라고 다 바다가 아니듯
우선 힘깨나 쓰는 사내마냥 막무가내로
파도를 끄트머리부터 잡고 사정없이 몰아 부치는데
등쌀에 한 동안은 정신이 나가
넋놓고 그 짓거리 한참 바라보노라니 마치
당장 오늘만 살고 내일은 안 살 것처럼 보이더라구요.
이른 봄 사브작 사브작 꽃은 피지요,
눈치없이 봄비까지 내려 심란해지면
미친 척 내처 길을 달려
관동팔경 중 하나라는 청간정에 가 보시지요.

퇴장退場이라고?

김경자

텔레비전 앞, 생生의 무대로 보는
월드컵 풍경 속이다

생명의 공으로 휘몰아가는
골인에의 빛으로 치달아가는
네 웃음이 내 울음 되다
네 울음이 내 웃음 되다
사라지는 시간의 엉킴과 풀림 속이다

독일과 아르헨티나와의 혈전의 경기
클로제의 골인에, 베를린 올림피아슈타디온의 그라운드가
아―, 함성으로 덮일 때
직격탄으로 날아온, 뮌헨에서의 교통사고 소식

퇴장이라고? 방금? 너?

생의 길 위
레드카드를 내민 그 심판 누구인가? 무슨 잘못?

물오른 너, 백의천사白衣天使로 불려가
뮌헨에서의 골인을 꿈꾸던 장밋빛 너의 두 발이
승부차기로 끝나는 오늘 경기, 숨죽인 화면 위
검은 갈잎으로 오버랩 되다니 ……
사라지는 한 장의.

그 날의 이야기

김계영

말하고 싶은데
말해야 하는데
머리 속에 가득 찬
거미줄같은 이야기 보따리는 꾸물거리는데
갑자기 할 말을 잃어버릴 때가 있다
어떻게 그것의 실마리를 끄집어내야 하는지
어떻게 그것의 매듭을 지어야 하는지
생각이 났다가도
순식간에 물거품에 잠겨버려
신기루같은 허망으로 가슴은 텅 비고
생각으로 버티었던 시간들이
푸른 영상으로 스쳐 날아간다

말 못하고 귀 먹은 역이라도 해야 할까

처음부터 이기고 지는 저울질이 무슨 필요가 있어
이런 때 유효한 건 말없음표
그윽한 침묵에 잠긴다
잃어버린 것은 이미 잃은 것이며

지워진 것은 이미 사라진 것이다
그리고 남는 것은
순백의 진실
마음에는 햇살이 비친다

고양이의 푸른 눈빛처럼

김광기

한 밤중의 고층빌딩에 불빛 하나 있다.
북적대던 인파 흔적도 없이 사라진 시커먼 몸체에서
촛불 같은 불빛 하나 반짝거리고 있다.
요즘의 어둠은 어둠 같지 않게 건물의 윤곽을 밝힌다.
검은빛이 광을 내며 어둠이 어둠을 지킨다.
안으로 들어갈수록 더 새까만 어둠이다.
원형을 잘 보존해놓은 공룡의 뼈 같은 빌딩,
마치 한낮의 유언이라도 흐르듯
캄캄한 냉기가 감돌고 있다. 늘 그랬던 것처럼
사람들이 떠난 곳은 더욱 스산하다.
언제 사람들이 북적거렸을까 싶은 곳에서
고양이 눈빛처럼 깜빡이는 불빛 하나 비추고 있다.
빌딩의 혈관을 적혈구처럼 흐르던 사람들,
그들이 남기고 갔음직한 사람들 몇은 보이지 않는다.
식은 핏물 같은 서늘한 어둠에 불빛 하나 켜 놓고
시커먼 그림자를 감춘 채
빌딩 구석에서 가르릉 가르릉 소리를 내고 있다.

지팡이

김광림

한때
지팡이는
몸을 가누기 위해 있는 게 아니라
거드럭대기 위해
거머쥔 연장쯤으로 알았는데

하긴 점잖 피는 거동이
마치 아니꼬운 세상사
기탄없이 짚어대는 걸로
여긴 적도 있었건만

6·25 전란 때
산마루와 골짜기를
하도 넘나들고도
늙다리는
남의 일로만 여겼건만

이게 웬일
팔순八旬 잔치를 눈앞에 두고

살짝 스며든 류머티즘

나 참
기탄없이 짚어야 할
지팡이 신세가 되고 말았으니

경복궁에서, 세종의 시간을 밟으며

김광옥

1
하늘의 사계를 땅에 내려놓아 앙부일영
해의 그림자는 해시계로 앉히고
세종의 몸이 스스로 시계가 된다
아침부터 문안에, 조강, 조회, 주강, 토론, 석강, 문안 ……
하늘과 백성 사이에서 크고 작은 시계바늘로 움직인다

몸을 가지런히 가다듬는 勤政殿에서
생각하고 또 생각하는 思政殿에서
동편으로 피어오르는 萬春殿, 서편으로 결실의 春秋殿에서
겉은 24절기 기둥으로 둘리고 그 안 기둥사이로
12달 공간이 휘도는 경회루에서
몸은 작은 우주의 哲理를 걸었다

2
세종이 걷던 집현전 길 위로 걸어본다
부서진 많은 왕모래들이 역사로 서걱거린다
사각사각 발아래서 또 하나의 시간이 소리를 낸다

그리하여 … 우리는 언제 어디서
무슨 모래알 시계로 만나게 되는 걸까

그 하늘 아래 · 4
─雨中日記

김광자

함석지붕을 뜀박질하는 빗발들과
빗속을 뜀박질하는
이십삼 센티미터 밑창 낡은 운동화
알 발가락 입을 열고 삐죽거리기에
진흙땅도 따라 칭얼거리며
집으로 가는 우중雨中의 길

비 피한 처마 밑에서
컴컴하게 우는 하늘 올려보며
슬픔을, 비관을 원망할 줄조차 모르고
빗방울로 둥둥 떠내려가는 사춘기의 무지개

살 꺾인 비닐우산 젖은 옷 속울음 울어도
그러려니, 그런가보다 하고
빠끔히 내미는 여우볕* 나의 하늘

비 새는 함석지붕 물받이 투정되는 집에 오면
흙탕물 맞은 교복을 훔치고
비 울음 말려가며 훌쩍이는 우중일기장

지금도 눈감아 펼쳐지는 그 하늘 아래
비를 맞는 내 풍경
마냥 아쉽고 그리운 뜀박질이다.

* 여우볕: 비오다 잠깐 비치는 볕.

꽃의 별명

김규성

섬진강 굽이굽이 매화가
더는 입을 벌릴 수 없다는 듯 활짝 웃고 있다.
볼수록 황홀하다.
그러나 꽃잎은 뱀의 비늘처럼 차다
꽃술도 차다. 문득
—생쥐에게 없는 눈물샘이 뱀에게는 있다
던, 어느 시인의 시구가 떠오른다.
화사한 꽃뱀이
맨 비늘의 오체투지로 가시밭길을 헤치듯이
매화도 여리고 촉촉한 비늘로
모진 겨울 사막 헤치며 기어왔을 것이다.
그러니, 만져볼수록 촉촉한
저 웃음은 눈물의 다른 이름이겠다.

투명한 껍질

김규은

그 말의
시울에서 소리가 난다
비집고 뒤튼 해체와 집합
초록의 음표 하나 밀어 올린다

모종삽을 들고 온
사람
가슴 봉곳이 향기롭다

투명한 껍질
말이 낳은 말은
발굽에 흙이 닿자
망아지처럼,
혹은
페가수스의 날개보다 시린 빛이 되어
먼데

빙그레 몸이 웃는
봉곳한 향기

그 속에 나비가 있다
투명한 껍질 통로가 있다.

소나무

김근당

저녁 어스름
빛이 스며든 자리에
소나무 한 그루 서 있다.

늘어진 가지 아래
어둠이 지나가고
시간이 지나가고

세월을 먹어
더욱 굵어진 가지들은
새로운 솔잎으로 가득한데

누가 거기 있어
애틋한 마음 받아줄 곳 찾고 있는가?

먼 길을 걸어
또 다른 세상에 온 사내는
불빛 환한 방에서
괜스레 마음이 안타깝다

로데오 거리에서

김기영

하늘이 낮게 내려와 쳐다본다
손바닥만한 광장이 쳐다본다
젊은 남녀가 쪼그리고 앉아 오징어를 뜯으며
주먹만한 화분들을 팔고 있다
상가의 유리창 안에서
낮 동안 무료하게 서성이던 공허가 쳐다본다

바닥난 몸이라 멈춰있을 뿐인데
그들은 내 의지하고는 상관없이
파수꾼으로 만들었다

불시의 시선들은
죄 없는 나에게 앙갚음 할 양으로
투명한 실체로 근육을 비집고 들어와서
눈을 감고 있었다고 하소연을 해도
쇠사슬로 옥죄었다
나는 잠깐 떨었다

장맛비가 얼굴을 톡톡 건드리며 말을 시켰다

큰 우산을 접고 여자 우산 속으로 사나이가 들어갔다
문구점으로 들어갈까 하다가
후줄근한 장닭 같이 작은 회화나무 그늘 밑으로 들어갔다
로또 가게의 작은 현수막이 비바람에 흔들렸다

마음의 여백

김기완

가슴 시린 날
흐릿한 기억 안고
차디찬 땅위에
뒹구는 차돌 하나에
마음을 읽고

달맞이꽃에도
생각이 있어
무지개처럼 핀다

향수에 나 홀로
목주름 지우며
깊고 넓은 세계가 보이면

모래성을 쌓아올린
아이들의 기쁨처럼
열정을 쏟아 부은
시 한 편,
별처럼 아름답다면

우수에 찬 눈빛이라도

모든 일이 끝나는 순간
나, 영원히 행복하리.

양지꽃

김길자

야트막한 움막 넘어
매몰찬 꽃샘바람 떠난 뒤
몇 밤낮 앓은 듯
복숭아털처럼 까칠까칠한 얼굴

풀잎 끝에 그리움 스며들어
떨어지는 햇살에 단장하며
모진세파 휩쓸려도
앙칼지도록 지키는 자존심

꽃 머리에서 성글성글하게 놀던
노랑나비 한 마리
꽃망울 터지는 꽃술에 취해
노랗게 물드는 하늘

보리건빵

김난주

평천 삼거리
보리건빵 잔뜩 실은 트럭 앞에서
수재민을 돕는다고
한 포대에 만 원 현수막 내걸고
건빵장사 아저씨 춤을 춘다
바람인형처럼 바람과 한몸이 되어
누렇게 잘 익어 바람에 일렁이는 보리밭처럼
춤추는 아저씨
건빵바지 입고 건빵처럼 부푼 어깨
햇빛에 그을린 얼굴
주위의 시선 아랑곳않고
뙤약볕 아래 바람춤을 춘다
며칠 전부터 보리건빵 먹고 싶다
노래하던 막내 음성 귓전에 울리는데
등뒤에서 빵빵 클락션 울려대는 통에
빗나간 거리
옆거울로 흘깃흘깃
바람따라 스쳐버린 냄새만을 기억한다

가난도 추억이라는 빵틀에 부풀리면
때때로 구수함으로 코끝을 유혹하나보다

사막 · 5

김남조

네바다사막의 우기는
한국에 눈 내리는 2월이란다
초록전등 한꺼번에
불 켜지면
사막 큰 몸이 거대한
허파되어 숨 쉬리

고통 없었더라면
짧고 희귀한
사막의 청춘인들 어이 있으리
헐렁한 고요, 더불어
잘 생긴 축복
어이 솟으리

나 그곳에
감격하는 임무로 가서
감격 고맙습니다
감격 고맙습니다
하늘땅 동서남북에
절하며 고하련다

겨울 비파강*

김남환

봄볕 부신 물무늬
하얗게 빛바래고

그 삼월 순금을 뿌린
아지랑이 그도 가고

먼 생각 휘어도는 곳
필匹로 펼친 긴 무심無心

젊은 날 이 언덕에
씨앗 뿌린 임의 사랑

삼천의 꽃나울로
차오르는 생각이여.

얼음 밑 타는 속울음
조각달이 듣고 있다.

* 비파강: 이영도 시인의 생가 앞을 흐르는 강

모란꽃이 사는 집

김두녀

쌍계사에 벚꽃이 다 사라진 건
바람 탓이라고 수군거리다가 찾아 나선 집
앞을 봐도 모란 뒤를 봐도 모란
아직 피지 않은 모란꽃봉오리가 사방에서 반긴다
마루 끝에 서서 영랑 사진 바라보며 시심詩心에 잠기다가
부엌아궁이에 나란히 놓인 가마솥
슬쩍 뚜껑을 열어 밥냄새를 맡아 본다
장독대 큰 항아리와 키를 재며 사진기에 갇혔다가
그윽한 꽃냄새에 이끌려 은행나무 앞에 우뚝 선다
어느 사랑하는 이의 냄새인가
작은 별꽃 천리향에 코를 벌름거리다가
제 발치에 떨어진 천리향 꽃잎 한 줌 주워
앞주머니에 넣고
꽃이 필 무렵 다시 오마 하고 보내던 눈인사에
4월 햇살 스며든다
주머니 안에서는 천리향꽃 반짝이며
살그머니 손을 내미는데
뒤따라온 완순언니 버럭 날 안으며
영랑의 정기 이어 받아 좋은 시 많이 써어

빗물 머금고 있던 영랑
함박웃음으로 걸어 나와
날 끌어안는 듯

山中問答
-허튼소리

김명배

산마당 한켠 옹달샘 가에서
혼자 놀고 있는 계집아이에게
어른들 어디 계시니,
너 참 예쁘다고 말을 걸었더니
내 얼굴만 빤히 쳐다본다.
아빠 어디 가셨니,
엄마도 어디 가시고 라고 물어보아도
내 얼굴만 빤히 쳐다본다.
싱거워서 짐짓 할머니 안 계시지 라고
농 한마디 던져보았더니 그제서야
손가락으로 등뒤 산을 가리킨다.
이 아이는
동화책속의 꽃사슴 아니면
어쩌다 옹달샘을 몇 모금 더 마시고
어린 아이가 된
지리산 산할머니인가.
할아버지 어디 계시니 라고 물어보아도
내 얼굴만 빤히 쳐다본다.
이 수수께끼는 너무 난해하다.

겨울 금강

-신동엽 생가에서

김명수

부여에서 계룡 만남전 테이프를 끊던 날
청소년 수련원을 나와
금강의 시인 신동엽 생가를 찾았다
대문의 빗장을 열었다
아무도 없는 빈 뜨락엔
옷을 벗은 나무들과
겨울 햇살만 가득했다
방문은 녹슨 쇳대로 잠겨진 채
깊은 정적에 잠겨 있고
먼지 수북한 마루엔 찢겨진 방명록
12월의 바람에 떨고 있는
시 금강의 자필 복사본
빛 바랜 낡은 사진첩
천오백 년 역사의 부여 한 복판에서
금강도 떨고 신동엽도 떨고
나그네도 떨고 있었다

불암산의 새 길

김명섭

다니던 길 놔두고
새 길로 간다는 것이
암벽에 난 길로 들어섰다

벼랑의 금을 따라
한 발 한 발 올랐다
무지와 깨달음의 선이다

먼저 올라와 의젓하게 앉은
새파란 떡갈나무 앞에서
네 발로 기어
나이 오십에 머리를 조아렸다

불심은 고사하고
머리에 썼던 송낙이라도
살피게 해 달라고 ……

새 길로 올라와
바위 틈에 뿌리 내리고

불경의 글자를 닮은 소나무

그래서
세상을 굽어볼 수 있나보다

현묘의 문

김미지

　목욕탕에서 엉덩이를 높이 쳐들고 머리를 감고 있는 여자를 본다
세수대야에 머리를 처박고 연거푸 샴푸 린스질에 정신이 빠진 여자
는 자신의 미궁 하나를 공중에 번쩍 치켜 세웠는데 두 다리의 우듬
지에 새 둥지처럼 자리한 구멍, 동굴 같고 아궁이 같고 암자 같은
컴컴한 그 구멍은 현묘의 문이요, 검은 암컷의 숲이니 검은 구름이
죄다 거기 모여 있는 것은 …… 새를 가리기 위해서다 하얀 깃털을
감춘 새알들을 아직은, 들키면 안 된다, 어둠 속에서 개화하는 빛
의 자식들이 그 문을 박차고 나올 때쯤 날개 하나가 더 꺾이고……
양쪽 겨드랑이께에 검은 구름이 떠 있는 것도 날개의 흔적을 가리
기 위해서다

　새였던 기억을 잊고 있는 새들, 기억을 좇아 지상에서 하늘로 오
르는 비상구, 그 출구를 들락거리는 것은 수컷들,
　오딧세이— 타임머신을 타고 하늘 입구까지 날아 올랐다가 암컷
과 함께 추, 락, 한, 다

아버지의 뜰

김민자

망가진 우산
우산 살을 갈아
뜨게질 바늘
어린 딸에게 만드신 아버지

공작 가위질이 서툴어
늘 삐뚤어지는 것을
방법을 배워 주신 당신
엇나가지 않고 바르게 사는 삶 배웠습니다

늦도록 숙제하는 자식이
무서울까봐 주무시지도 않고
어둠을 같이 밝혀 준
침묵의 사랑

주춧돌을 잘 고인 나는
화려하고 따뜻한
온갖 꽃이 만발한
당신의 뜰에서 행복하였습니다

이제 내 편편치 않은 삶의 나무에
아버지 목소리 담은
그리움의 물을 줍니다
울컥 나무 냄새가 났습니다

관심

김백겸

스토리전개가 지루한 책처럼
배우의 연기가 천박한 영화처럼
한 번 듣고 나서 더 이상 들을 필요가 없는 음악처럼

관심이 쓰레기통에 버려져 종말처리장으로 실려갔다

오, 시간
백일홍처럼 불타오르는 시간
붉은가슴 기러기의 날개를 부풀게 하는 시간
얼음물 속의 고기를 잡아서 새끼를 키우게 하는 시간

너 언제 어디서 나에게 사랑을 고백할거니

아무 힘도 없는 병자처럼
생각을 할 수 없는 멍한 바보처럼
계좌에 잔고가 비어 외출도 할 수 없는 실업자처럼

관심이 생활보호대상자가 되어 사회복지사의 방문을 받았다

오, 시간
레이스에서 마라톤 주자로 달리는 시간
히말라야 꼭대기를 원정대장으로 오르고 있는 시간
유럽초원을 향해 질풍노도로 몰려가고 있는 훈족의 시간

너 언제 어디서 나에게 사랑을 고백할거니

夕陽의 신두리

김병중

모래바람에 눈먼 처녀는
미풍에도 쉬이 눕고
낯선 바람이 가슴에 얼굴 부벼도
순순히 몸을 맡긴다

바람손으로 허벅지 쓰다듬고
파도혀로 귓바퀴를 애무하던
몸뚱아리 붉은 저녁사내가
서서히 비너스의 언덕으로 스러진다

몸은 모래처럼 부서지고
체온은 돌처럼 차갑지만
점점 가까이 다가오는 사내의 숨결에
어느새 촉촉이 처녀의 샅이 젖는다

팔과 다리가 부드럽게 꼬이고
노을 말뚝이 처녀의 둔부를 찔러도
아아, 한방울 출혈도 없이
푸른 이불 속의 바다가

질기디질긴 신두리 처녀막으로
이 지상에 순결의 나무
눈부시도록 푸르게 키우고 있다

가을들녘에서

김보림

햇볕이 저만치 비켜가는
들길
아스라히 멀어져 가는
생의 뒤안길처럼
긴 그림자
다 잃어버린 듯
홀로 서 있고
풍성한 수확으로도
채워질 수 없는 마음 곁으로
바람은
스쳐 지나간다

土偶 23

김삼환

온전히 뚝심 하나로 시간 앞에 버티는
인수봉,
그 아래에
간혹 일개미들이 종종걸음을 걷다가
발을 헛디뎌 넘어지면
한가하게 맑은 물이 흐르는 실개천의
푸른 잎새 위에
가볍게 안착할 때도 있다
하루종일 시간을 재는데 분주한 일개미들이여
너무 걱정 마시라
그대들이 오가는 길만이 세상의 전부가 아니라는 것을
발을 헛디뎌 넘어져 보아야
알 수 있느니

전율

김상미

언제부터인가 그는 詩 속으로 들어가
아주 들어가
詩 밖으로 나오지 않았습니다
아무리 불러도 대답이 없었습니다

그러던 어느 날
천 년을 유배 다니던 詩語 하나가
그를 찾아왔습니다
문고리를 흔들기도 전에
문이 덜컹 열렸습니다

아, 그 안에는 ……
詩와 딴살림을 차린 그가
꿈꾸듯 웃고 있었습니다
꿈꾸듯 살고 있었습니다

새가 사는 집

김상숙

자다가 깨신 어머니 무릎을 두드리신다
깡마른 손 주먹으로 뼈와 뼈 사이
새의 행적을 샅샅이 훑어보신다
질긴 가죽 위로 수북한 살비듬
엇붙은 뼈는 어머니가
잠시 눈 붙이고 기대었던 간이의자다
새의 행적을 거슬러 가보면
깊은 계곡에 빠져나간 시간들
껍질만 나뒹굴고 있다
욱신거리던 바위가 그때의 기록이라면
어머니의 꿈은 뜬 눈으로
새벽을 넘긴 동통 속에 있다

한 겨울
어머니 무릎에
물새 한 마리, 푸드덕거린다

까치집

김상현

겨우내 웅크리고 있는 헐벗은 아카시아 가지 위에 있는 빈 까치
집을 보며
　미운 일곱 살 손자가 묻는다. 까치는 없고 저 빈집은 뭐 한 대유.
　나는 할 말도 없고 귀찮기도 해서 건성으로 대답했다. 까치가 없
응께
　밤마다 별을 품는 것이제. 그러자 손자가 고개를 끄덕이며 글면
별이 까치를
　쫓아 낸 것이구먼요. 그 뒤로 손자는 밤이 되면 빈 까치집이 보이
는 창가에
　턱을 고이고 앉아서 언제 별은 새끼를 낳는다냐 하고 혼잣말을
자주 한다.
　그러던 어느 날 밤, 별똥하나가 포물선을 그으며 빈 까치집 위로
빠르게 떨어지자
　놀란 손자의 눈빛은 어느 별보다 더 크고 곱게 빛나고.

봄, 서정

김생수

봄이 오면
누구나 설레는 기대 하나 쯤 가져도 좋으리라
지금은 색깔조차 누렇게 바랜
그 봄에 서성이던 그리움들을 켜들고
아지랑이 감실거리는 들판이나
봄볕의 애무에 황홀히 취한 강변에 나가
저물도록 누군가를 기다려도 좋으리라

회한이 더께로 앉은 옛 서랍을
두근거리며 열면
기다렸다는 듯 안겨오는 초록빛 이야기들,
촉촉히 젖은 얼굴 한장한장 꽃바람에 널며
세상에 있는 사람
세상에 없는 사람
하염없이 불러봐도 좋으리라

봄이 오면
누구나 설레는 편지 한 통을 들고
오래 잊었던 창문을 두드려도 좋으리라.

우물이 있는 풍경

김 석

대나무 쪼개 紙燈 만들고 속엔 작은 초 한 자루
성탄절이면 고샅길 걸었지, 고요한 밤 거룩한 밤
왜 걷는지도 모르고 괜스레 즐거웠지
빨간 맨손 등불 부비면서 친구들에게
서양식 인사로 말을 걸었지, 메리 크리스마스

새벽 샘물 종소리, 차임벨로 바뀌고
새벽이 시끄럽다는 세상 法俗 따라
허공에 붉은 십자가 띄우고 停電中.
흔들림만큼 성숙할 것이라고
나는 교회 속 敎誨를 떠나
예저기 기웃거리고 거들먹거렸지
겨울 들판 서걱거리는 풀처럼 나는
더러 옥토에 떨어지길 기대했지

늙은 농부가 놓은 추수 후 불 자국처럼
데이고 갈라진 내 버짐자국, 비는 더디 내리고
마른 목 몇 방울 여름 들녘 서성거리면서
그럼에도 불구하고, 고개 숙일 낟알 몇과
싸리 울타리 고샅길과 우물이 있었던 풍경을

청빈한 나무

김석규

나무는 누워서 이사를 간다.
받치고 섰던 하늘 더 멀리까지 내다 보려고
나무는 누워서 이사를 간다.
언제 했는지 이발을 하고
풀려서 너풀거리는 소매도 걷어 붙이고
서서 자는 나무는 침대가 없다
잎새로 바람을 잣는 나무는 선풍기가 없다
항시 햇살을 이고 섰는 나무는 난로가 없다
그 흔한 냉장고도 텔레비전도 없이
단지 그늘만 키우는 제 몸 하나에
더는 깨지지 않도록 새끼로 동여맨 밥그릇
양말도 벗은 발목에 매달고
나무는 누워서 이사를 간다.

꽃상여 가는 길

김선배

아직도 인조화를 단 채
꽃상여 가는 오솔길이 지금 막 피어나는 야생화 속으로 들어가고
있습니다

어~헝~딸~랑~

이제 가면 언제 오나?

어~헝~딸~랑~

내년 이때 이삼월에

어~헝~딸~랑~

이 꽃 피면 다시 오리!

어~헝~딸~랑~

~불이 붙어 벌써 다 타버린

꽃상여 속의 잠들은 그가 이제 야생화 뿌리를 헤집고 깊은 어둠
의 자궁 속 흙에 묻히고 있습니다

마음

김선영

마음을 비우자고
마음과 의논 했더니
마음들 흔쾌히 떠나간다.

아름다운 얼굴
추한 얼굴
남루한 얼굴
그리고
슬픈 얼굴

오, 그 많은 얼굴들이
자그마한 내 가슴에
어찌 다 모여 살았을까

집

김선희

17년이나 살아온 집이 터가 세다고
구석구석 눈감고 더듬어도 알 수 있는 집이
왜 이리 험하게 늙어가는지 이제야 알 것 같다
제가 사납고 세어서 그리 험해진 걸 어떻게 하나
그가 돌보지 않고 내가 거을러 자꾸 삭아내리지
이번 장마에도 하마터면 떠내려 갈 뻔 했지
여기저기 양동이 받치고 곰팡이 피고 말도 아니었지
두 그루 과수나무 농사도 망치고 을씨년스럽고 흉흉했지
17년이나 살아온 집에 전부터 서 있던 꽃나무 하나
올해엔 지독하게 꽃들을 많이 피웠지
그 집 여자 감격해서 떨어진 꽃송이
자꾸 앞섶에 주워담았지
여기서도 숲 하나를 잘 일궈 하늘 층계를 밟고
곧잘 우주를 겨냥했지
비 맞은 열매들 죄다 떨어져
별이 떠내려가는 시냇가는 홍수로 질퍽하게 넘쳐났지
너덜너덜 삭아내리는 그 집 볼썽사납다고
사방에 들러리한 빨간 벽돌 집들
눈총으로 몰아세우는 골목 모퉁이
떡 버티고 앉은 괴물 하나를 누가 건드려,

황홀한 버림

김성옥

물이 자라는 것을 보았는가
흐르면서 자라는.

흘려버려서
결코 넘치지 않는.

내 사랑도
버려서 넘치지 않고

무인도 3
－영흥도

김성조

바다도 썰물이면
제 알몸 드러낸 채
뭇 사내의 구둣발에 멍드는구나
뭇 아낙 호미끝에 생살 찢기는구나
돌멩이 다닥다닥 조개껍데기들
저 많은 생명들 끝없는 탯줄을 이어
흰 파도 굽이굽이 부서지고 있었구나
죽어 까맣게 점점점점,
햇살아래 뿌리만 남아
물밑 어딘들 동화속 용궁
푸르게 자라지 않았으랴
바다는 제 옷을 벗어
내 속의 황량함 일러주는 것일까
바다곁에 누워 울다 잠이 들자
하늘 한자락 발목 덮어준다

深淵, 라일락, 이슬1004

김성춘

천국驛, 부근입니다

내일은 얼마나 더 길까요?

노을도 잠시 걸음을 멈추는.

새가,
라일락이,
深淵이,
당신을 기다리는 여기

소금꽃

김성호

그때 우리들은 붉디붉은 소금꽃을 보았지.

근흥을 지나 안흥 해안을 따라 안면도를 되짚어 오면
서산 태안의 비린내 다 헹궈낸
해가 동그마니 산등에 걸렸지.

감청 물자락 끝에 쏴아 쏴아 몰려드는
그토록 처연凄然한 아픔과 비루를
물 속 깊이 가라앉히면서

젖고 젖은 시간, 또르르 또르르 콱 나뒹굴면서
네 까슬한 이력과 얼룩이며 살점까지
꽃잎 속에 가만히 내려놓으면서

순풍과 역풍 돌려 세워놓고
차르르 차르르 바닷가 절벽 밑에 도란도란
광포와 적의며 게으름마저 떨쳐내면서
사무침도 무엇도 철썩철썩 잠재우면서

철갑상어 대구 문어 떼 노는 물살을 헤쳐 나와
연어와 숭어와 감성돔 거북이 넙치 등판에 실리어
갯가에 헤엄치는 아이들 포동포동한 손등을 잡으면서
푸른 가슴 한들대며 억만 송이 꽃송이를 품었지.

그때 우리들은 붉디붉은 소금꽃을 보았지.

잘려나간 손톱이

김소엽

아프게 잘려나간 손톱 발톱이
쓰레기 봉투에 담겨져
소각장에 버려지든가
제2 난지도에 버려져
땅속에 묻힐지도 몰라

내가 모르는 그 어느 곳에
내 신체의 일부가 묻혀
손톱마다 무성한 나무로 자라
가지마다 손 흔들며
나그네를 부를지도 몰라

딱딱한 발톱이
부드러운 잎이 되고
분홍빛 손톱이
푸른색 잎이 되어
피흘리는 널 부를지도 몰라

내 손톱에서 빠져 나간

아린 시어詩語들이
언젠가 열매 맺을지도 몰라

향일암 동백

김소운

해안을 따라
굽이굽이 땀 흘려야
비로소 가 닿은 들,
수백 년 해풍의 담금질에
의연한 동백만 하겠느냐
걸어 온 길 아득하여
위로가 되는 관음전 미소에도
임 향한 동학 농민의
원혼 같은 선혈이
뚝 뚝 뚝
낭자한 풍경소리
너무 서럽다.

한 강

김솔아

체중이 너무 무거워
조금씩 흘러 보낸다.

모태 속의 물
옥빛으로 자라
오염된, 검은 생각들을 정화시키고
말간 기억의 창 …
어머니의 길을 밟는다.

차면 떠나보내고
다시 순환되는
조상의 푸른 핏줄
천년이 하얗게 닳아진다 해도
내 유전자가 녹색인데
어찌
정 깊은 땅을 목마르게 하겠는가?
호흡의 근본 산소의 근본
만물의 근본인 싹의 젖줄
내 이름이 한강인데

떼, 떼

김수린

목 잘린 절두산 밑 강가에 서 있지
강물은 꾸벅꾸벅 고개를 숙였다 쳐들었다 처 박았다
떼지어 흘러가고
한강 다리를 떠 밭친 교각에 모여 앉았던 떼새 떼들
떼지어 푸르르 날아간다.

절두산 성당에서 묵상하고 있는 사람들
기적을 구걸하는가 떼로 몰려왔다

묘지들 나란한 공동묘지의 모습들
구름떼 아래서 줄을 잇고
길거리 인파 또한 수런거리며 새떼처럼
날개 접은 채 걸어간다

안 잊혀지는 사랑이 강물처럼 흔들려
머리칼 자르는 바람결 막막한 저녁
일제히 줄 맞춰 가로등 먼데서 피어나면
등지고 홀로 남아 어둠의 외투를 걸치는
무한대의 슬픔들.

등대

김수복

해가 저물자 저녁의 배가
뱃속으로 들어온다
기적을 울리며 만선의
깃발을 올리며 돌아온다
몸이 열리는 등대 사이로
몸속으로 깊이 들어와
한바탕 몸을 풀어놓고 죽는다
태반이 말라버린 해변에
석양은 저물어 가며 아이 하나를 올려 놓는다

앉은뱅이저울

김수우

무심코 지나던 고물상에서
무심해보이는 앉은뱅이저울을 샀다

  풍란을 얹어본다 굴러다니던 놋재떨이를 얹어보고 서랍 속 목도
장을 얹어본다 상징사전을 관리비청구서를 막 배달된 시집을 얹어
본다 내친 김에 헌구두 한 짝도 늘 맨발인 보퉁이사랑도 올려본다

  눈금이 흘러간다 선사시대 벽화 속까지 흘러간다
문자보다 무게를 먼저 익힌 고대인의 추가 서쪽으로 기울어진다
생각난 듯 돌연 0,으로 돌아가는 바늘
空을 넘어온 태고의 바다가 저울 위에서 출렁인다

  생선집에서 쓰던 것인지 말라붙은 비늘 두엇, 무게를 재며 녹슨
생의 중력에 마음의 바늘이 빙그르르 돈다 따뜻한 젖이 돌 듯 몸이
팽팽해진다 순간순간 빗방울 같은 0,으로 돌아간 단호한 푸득거림
이

  비리다, 내려놓는다
심심해서 *深深*한 낮꿈 한 짐

해당화*

김승기

바라보기만 해야 하는
못다 이룬 사랑
지금도 진행 중인
전설

가시 돋친 그리움
밤새
한 바탕 파도가 요동을 치고
가라앉은 새벽바다
수평선 저 너머
쏘옥
햇덩이 혀 내밀 때

끝내 참았던 울음
울컥
토해놓는 각혈

* 해당화: 장미과의 낙엽성 활엽 관목이다. 5 · 7월에 홍적색의 꽃이 피고, 8월에 열매가 황

  적색으로 익는다. 우리나라 각처의 바닷가 모래땅과 산기슭에 자생한다. 줄기에는 커다란

  가시가 있으며, 전체에 가시 모양의 털 또는 융모가 빽빽이 나 있고, 잎은 홀수로 된 깃

  꼴겹잎으로 어긋나며, 꽃과 열매는 관상용과 향수의 원료 및 약용으로 쓰인다. 흰 꽃이

  피는 것도 있다.

雨中日記

김승동

구봉도 앞 바다에 배 한 척 떠있다
하늘을 가르는 치렁치렁한 빗줄기에
가라앉지도 못하고 뜨지도 못하고
시름만 풍랑처럼 펄럭인다

건너편 뭍에는 나이든 소나무가
까페의 처마에 붙들려
왜소한 풍경을 만들며
데칼코마니처럼 마주보고 서있다

서로가 서로를 바라보며
그 관행화된 부자유에
나지막이 동정의 눈길을 보내고 있지만
뭍이나 바다나
속이 허전하기는 마찬가지다

마치, 오래된 기억을 밟고 서 있는 사람이나
오래 기억되기를 바라며 서 있는 사람
모두 다 그리움의 크기는

마찬가지이듯 말이다

다만, 이 젖은 풍경에
우산을 받치고 함께 서 있는
한 남자와 한 여자의 속마음만
애타게 다를 뿐이다

쪽배

김시운

풀잎에 매달려 떠는 건
꽃잎에 매달려 설레는 건
바람
하늘을 건너가는 흔들림
나무 뒤에 몰래 숨어 뛰는 가슴을 문지르는
이파리들 껍질 벗는 소리
풀잎을 달고 떠나고 싶은
휘파람
꽃잎을 달고 까불며 노는
풀그늘
바람 따라 꼬리를 문다
하늘을 저어가는
쪽배가 되어

글을 쓰면

김시월

망망한 대해가 보인다
경계도 없는 포물선을 향해
백지를 마주하고선 기다림의 날들
어디서 날아 왔는지
알지 못한 미래가 파도에 떤다
기억하고 싶은 날들과
잊고 싶은 날들
슬립 질질 끌며 서 있는
여로의 문턱에서
하얗게 망각되어 가는 기억의 올을 찾아
무딘 살결 위로 한 올씩 뽑아 올린 천해의 강
낚시의 손맛처럼 질긴
세상 바다 속에서
언어를 건져 올리는 작업에
오늘도
투망의 세월
떨어진 그물을 깁고 있다

천적天敵

김시종

耳順의 아내 귓가에서,
한겨울에도 매미가 앉아 운다.

아내는 매미를 내쫓으려고,
개소주를 나팔분다.

매미의 천적天敵은
까치가 아니라, 멍첨지다.

살아 있는 것들의 눈물겨움

김안려

지는 해의 황홀함을
날개에 얹고
차고 오르는 수면 위
퍼덕이는 빛살무늬
눈부시다,
붉은 핏톨로 비상하는
그들의 몸짓이
하늘 향해 마음껏 날개짓하며
춤추는 모습이

차가운 겨울호수는 잔물결 이루며
그들의 발목 잡고
한사코 놓으려 하지 않으나
날아오르는 새들의
날개를 꺾을 순 없다
그들의 힘은
활짝 편 날개 안쪽에서
고요히 눈 뜨고 있으므로 ……

설피

김여정

그날 강원도 청태산 자연휴양림에는
발자국 하나 없는 하얀 눈밭이
푸른 잣나무숲 속에 얌전히 누워 있었다.
생전 처음 설피를 신고 어설프게 걷는 내 앞에
순결의 눈밭에
꿈의 발자국을 찍으며 걷는
낯익은 소녀 하나가 보였다.
큼직큼직 찍히는 둥근 내 발자국에
태초의 향맑은 바람이 와서 고여
호수가 되고
그 호수 속 하늘에 그 소녀가
눈가루가 되어 흩날리고 있었다.
나는 다시 설피 끈을 고쳐매고
한결 가벼워진 걸음으로
눈밭을 걸어
잣나무숲을 지나
하얀 하늘 속으로 들어섰다.

은행잎

김영곤

노란 은행잎을
나는 사랑하고 싶네

노란 은행잎 하나를 주워 들고
나는 나의 사랑을 부채질하고 싶네

뜨거운 가을 햇살아래
노란 은행잎을 받아 들고

나의 한 때 반짝했던
젊은 시절을 떠 올렸네

은행나무 이파리처럼
한 생애가 고울 때

나는 은행나무를 사랑하고 싶네
한 생애가 곱게 물들 도록 부채질 하고 싶네

차를 마시며

김영근

빗소리가 오늘은 날씨가 흐렸다고 기별하네
아픈데 아픔 없이 앉은 몸을
할 일도 없는데 빈번한 마음들을 어쩔 수 없어
마당귀의 자귀에게 그만
남은 시간 모두를 줘버린다
몸뚱이만 삼베옷에 벌겋게 문지른다
차를 덖는 것은 찻잎을 멍석에 거칠게 문질러
몸뚱이에 상처를 내는 일,
상처의 진물을 열로 잠시 말려 놓는 일이란다
피 같은 열망들은 언제나
상처로 너절해지지만 그래도 이 진물
누군가의 가슴에서 향기이고 싶어
마음을 말리고 또 덖는다
군불 소린 듯 온몸에 빗소리 감고
차가운 방안을 하염없이 뒹군다
바싹 말려야 향기도 짙다고
가을이 떠날 무렵 가을은 비로소 온다고
적거謫居에 빗소리 지나가며 기별하네

입동立冬

김영남

바람이 차고 푸르다
하늘에선 삐거덕 삐거덕 거리는 소리
기러기가 감나무 사이를 무더기로 난다
저 기러기들은 또 누구의 집에 들러
대문을 저리 슬프게 열며 지나가는 걸까?
이럴 땐 나도 옛 주막 툇마루에 나앉아
먼 강물 따라나선 할아버지, 그 돌아오지 않은
흰 옷자락을 떠올린다. 긴 소리 하나도 꺼내본다.

초라한 揷畵 한 토막

김영만

장마철이든 가뭄철이든
느긋이 거드름 피우던 수도꼭지
그 물건에도 정전 딱지 붙을 때가 있다

수도꼭지든 숨쉬는 항아리든
부서지는 조짐이 비춰 보이면
터무니없게끔 물이 새기 시작하고
물이 새면, 덩달아 불도 꺼져버린다

불이 꺼지면 남자 구실은 더 질금질금

더듬거리며 따라 걷던 내 성기
오늘 밤 왜 이리 다리를 절까

멀쩡하던 마누라가, 파혼해! 하며
붉은 딱지 하나 내밀 듯하다

썩은 웅덩이처럼 낡아 삭아가는
장마철에
말없이 포착하는 식탁食卓은 없을까.

빈방

김영박

가방을 들고 방문을 열었습니다
항상 누워만 계시면서도
이 때만 되면 지그시 눈을 뜨시고
살짝 미소를 머금던 어머니가
보이질 않았습니다
그동안 차곡차곡 쌓아놓은 냄새도
모두 사라져버렸습니다
반쯤 열린 창문으로
꼬리가 보이지 않는 허공이
방안을 기웃거리고 있었습니다
뒷재에서, 곰재에서 그리고 동구 밖에서
자취도 없이 사라져버린 가오리연들이
나비처럼 손짓을 하며
하늘 끝으로 날아가다
눈물 속에 고입니다
온방을 가득 메운 적막 가운데
어머니의 영정 사진이
검푸른 바이칼 호수를 만듭니다

어머님 하늘 가시는 길에
다리를 놓아주시고 손을 잡아주신
당신의 손길이
별로 돋고 있습니다

장마

김영은

날아와 박히는 대못들
벌집이 된 마당에서 나대던 흙들이
사시나무 떨 듯 몸을 접는다
개 혓바닥처럼 늘어진 호박잎 위로
오뉴월 장맛비 내리 꽂힌다

양동이 속으로 뛰어드는 낙숫물 소리 쟁그랑쟁그랑 심심한 한낮
을 잘게 부수고 하늘에 새겨지는 무수한 못자국 자국 하나마다 하
늘을 깊이 떠밀고 구멍끝은 한밤인지 캄캄하다
　씻어 엎어놓은 아버지 깜장고무신이 떠내려가고 이장네 돼지가
벌렁벌렁 밀려온다
　구멍마다 유년의 추억이 떠내려 온다

　호박잎은 빳빳이 고갤 쳐들고 노려보는데 웅크린 흙들이 콸콸 딩
굴며 이삿짐을 꾸린다
　흙탕물에 쓸려가는 시름의 찌꺼기들 사라진 뒤 도라지 꽃잎에 보
랏빛 호수가 출렁인다
　이토록 환한 세상을 누가 만들었을까

다시 구멍을 들여다 본다
하늘 끝에서 웃고 있는 존재의 그림자
구멍 끝에서 지상을 향해 빗줄기를 꽂고 있는
함부로 말할 수 없는 누군가가 있다

삼일포

김영진

사흘은
너무 짧다
서른 날에 또
서른 날을 더해도
삼일포에서는 다만 한 순간일 뿐

삼일포에서 하루를 기약했던 신선들이
사흘이나 놀고 갔다지만
어디 신선뿐일까
삼일포에 오면
나도 신선이 된 듯
두둥실 떠오르는 것을

호수인가 하면
바다이고
바다인가 하면
호수로 안겨 드는

오오!

이 어머니 품속 같은 곳
푸른 유리거울 속에
한 그루 소나무로 살고 싶네

고요아깐

김영태

  늑대들 서식지였던 이곳에 유럽풍 찻집들과 서점이 들어섰다 불
구였지만 자신을 왕녀처럼 행세한 열 손가락에 보석반지를 낀 푸리
다 칼로, 저를 해부해서 꺼냈던 침대 머리맡 덧창이 닫힌 저택을
두 마리 개가 아직도 주인을 기다리고 있는데

화양동 풍류

김영호

술국 냄새에 깨어나 보니
학소대鶴巢臺 처마밑에 누워있는 나,
지난밤 만취했었나 속이 쓰리네.

보름달은 이미 저고리를 주워 입고 산등을 넘었고
중천의 해는 계곡물에 얼굴을 씻는데
암벽에 선 소나무도 어젯밤 약주가 과했나
바지가 무릎까지 내린 몸으로 코를 골고 있네.

무거운 머리를 푸른 물바람에 헹구고
지난밤의 기억을 추스려 보니
달익은 물소리 장단에 울어대던 소쩍새,
그 새가 주는 대로 술잔을 받았던 것이네.

달을 품어 밤구름으로 한 이불 덮은 자리위에
그녀가 놓고 간 속옷자락 흰 쑥부쟁이로 피어있네.

그런데, 술국 냄새는 어디서 오는가.
온 밤 술시중들던 산도라지꽃이

미나리를 넣어 올갱이국을 끓이고 있네.

가던 해가 발을 멈추고
입맛을 다시네.

해오라기

김왕노

늦은 퇴근을 하는데 늙고 야윈 그가 물가에 서 있다. 날개 짓이야 자유의 표상이지만 허공에 떠 있는 배고픔이 얼마나 큰 비애인 줄 아냐며 기산 저수지에 내려 가느다란 발 물에 담그고 몸 잡힌 듯 서 있다. 한 마리 물고기를 기다리는 그 자세가 명상에 잠긴 듯 보이지만 먹이를 노리는 골똘함을 아는지 한낮 내내 여기저기서 수런거리던 나무들 조용하다. 그와 닮은 K도 세상에 발 담그고 서 있다. 한 때 배고픔을 모르며 세상을 휘젓고 다니는 자유를 누렸지만 지금은 말단직 밤늦게 까지 사무실에 남아 있다. 일에 발목 잡힌 듯 있다. 야근수당 몇 푼이 월급에 보태져도 여전히 쥐꼬리만한 월급이지만 그것이 학원비로 급식비로 공과금으로 흩어져 갈 때 비로소 이 땅의 가장이라는 슬픈 자리가 보전된다는 것, 해오라기와 K가 날 저물어 갔는데도 여전히 세상에 발 담그고 서 있다.

봄날

김용국

꽃등燈을 앞세우며 걷는 봄날
저 먼 곳의 뒤편까지
꽃들은 꽃길을 만드나

꽃 피는 날
꽃이 진다.

길 위에서

김용옥

길이 머뭇거리며 모습을 감추고 있었다.
여린 손목을 시린 하늘에 담그고도
나무들은 어둡게 말이 없었다.
자꾸 가라앉는 길을 일으켜 세우며
힘껏 액셀레터를 밟아 굉음을 내어 보았지만
더 무거운 녹들이 차창에 내려와
유리가 닦이지 않았다.

차선이 지워진 길 위에서
전조등 불빛을 힘껏 올려 이정표를 찾아 보지만
노란 안전선도, 초록의 표지판도 흐려지고
시리게 바람을 맞고 선 나무들의 방책만 위태롭다.

마구 올라가는 속도계의 눈금 사이로
다시 몰려오는 폐허의 심연
누군가에게 지워지지 않는 붉은 녹이 되어버린
문 앞에서 손잡이를 비틀어보지만 열리지 않는 세상의 문들
무한 속도로 달려 가뭇없이 사라지는 어둠과
이제 그만 한몸이 되고 싶다.

젖은 날개
−장마에 떠난 남매를 위해

김용하

사는 게 맨몸으로 비바람을 헤엄쳐 가는 것
홍수에 둥 떠 간 곳 천국 어디인가
세상이 저지른 죄 용서받으려고
예쁜 내 파랑새 두 마리 젖은 날개 휘저어
구름성 밖 새하얗게 날아가네
두고 간 정 여물면 다시 태어나겠지만
어른이 되기 전 순백의 꽃관을 쓰고
바람소리 새소리 버리고 간 네 자리
빈 방안 바람소리 멎었네
해만 뜨면 욱신대는 가슴
타버린 빈 무덤에 언제 잡풀이라도
수북히 자랄 수 있겠는가
비우고 나면 다시 채워야 풀리는 마음 자락에
훗날을 예견할 수 없는 비는 또 뿌리네

화이트 크리스마스

김용화

원고 마감을 앞두고, 그 해 겨울, 연탄불도 꺼진 춥고 우울한 방 안에 식은 풀빵처럼 담겨 밤을 밝히다 잠이 들고 말았습니다. 이슥한 후 인기척에 눈을 떠 보니 하늘에서 내려온 천사가 머리맡에 쪼그리고 앉아 깨알같이 예쁜 글씨로 작품을 막 완성해 놓고 고즈넉이 웃어 보이며 하늘로 날아가는 것이었습니다. 얼마나 힘에 겨웠으면 하룻밤 사이에 귀밑머리가 하얗게 세어 있었을까요. 눈이, 하얀 눈이 소복이 쌓이는 크리스마스 가까운 밤이었습니다.

전나무 숲길 따라

김원호

닿아보니
살며 살며
햇살 바라기

갇힌 숲 속
헤쳐 나가기

오늘도 곁가지 잘라내며
남 몰래 삼키는 시퍼런 눈물
단비에 씻는다

눈비 폭풍에도
흔들리지 않는 눈썹
도끼 날 다가서면
필요한 곳, 그 곳에 있겠다며
담담하게 서 있는

내 안의 전나무
키우러

간다 간다
숲길 따라

튤립꽃

김유신

튤립 꽃
우아한
한 송이.

따스한 햇볕에서는

속 것을 확 드러내 보이는
속 것을 확 보여주는

속절없는 꽃.

이른 봄
꽃집 창가에서
그렇게 헤프게
웃는 여인.

블레드 성, 펜의 불꽃
―제71차 국제펜 세계문인대회

김윤자

아름다운 것은
블레드 호수의 물빛만은 아니었다.
타오르는 것은
알프스 산맥 설봉의 눈빛만은 아니었다.
동유럽 베이비 컨트리 슬로베니아
그 밤, 환영 만찬식장 블레드 성에는
아시아에서, 아프리카에서
날아온 걸음들이
하나의 띠로 동그랗게 맥을 이어
고운 무늬로, 고운 빛깔로
펜의 불꽃을 피워 올렸다.
언어와 인종의 경계선을 지우고
너와 나의 벽을 허물고
눈과 눈, 가슴과 가슴으로 흐르는
문우의 뜨거운 정이
에메랄드 호수의 물빛처럼
산정의 빙하 생명처럼
올곧은 심지로 영롱하게 솟구쳤다.
성문에 걸어둔 횃불이 어둠을 사를 때
우리는 투명한 잔에 펜의 미래를 담았다.

저 등*

김 윤

저 사람, 등으로 말 거는 것 봤니? 다친 등뼈 한 마디 빈 들판 하
나를 품고 울림통이 되는 것

미추쯤에서 목 쉰 소리 휘돌아감는 것 들었니? 질척이는 골목길
폐쇄회로 카메라 속에 잠긴 늙은 느티 같이 어둔

등판 가득 소리를 으깨며 젖어있는 뼈들, 디스크마다 우물 하나
씩을 감추고 부서진 기억들 첨벙거리는 소리 들었니?

식구들이 잠 든 캄캄한 방 앞에 저사람 우두커니 서 있는 것 봤
니? 어둠 속 솜같이 젖은 허파를 상한 등으로 바라보다가 낡은 모
니터가 물속처럼 얼굴을 비출 때 손바닥 가득 깨알 같은 글씨로 訴
狀을 써들고 어디론가 기차를 타려고 긴 줄을 서는 것

그 기차 가득, 고장 난 TV가 외눈박이 물고기처럼
불 환히 켜고 흘러가는 것 봤니?

* 저 등: 암스테르담 미술관에 있는 백남준의 〈TV부처〉의 붓다의 등.

비상구 찾기

김윤하

완도 청해진포구 백사장에 무언가 기어간다
게인가? 속도가 제법 빠르다
얼른 달려가 보니 새끼 쥐다
내 발걸음에 놀라 낮은 포복으로 모래구멍에 숨는다
숨어봤자 사람 발걸음에 패인
구멍이랄 것도 없는 젖은 모래 속인데
얼굴만 가리면 자신이 안 보일 거라 생각하는지
고개를 숙인 채 잔뜩 웅크리고 있다
밤톨만한 새끼 쥐, 작은 등줄기 털들이 바늘처럼 곤두선
거망빛 숨결이 내게도 느껴진다
어디로 가야하나, 길 잃고 멈춰선 수많은 인파속
혼자의 순간 내 어린 발걸음처럼
세상에서 가장 짠 젖은 사막에서 길을 잃은 새끼 쥐
들여다보는 동안 나 죽었다, 꼼짝 않는다
몇 걸음 내가 옮기자 방향이나 알고 도망가는지
사람 발자국 어지러운 모래물결 위에서 네발이 바쁘다
아직도 해변가 숲은 저 멀리 바위섬처럼 떠있는데
안개의 거친 입김 속에서 출렁이며 떠있는데
발목을 끌어당기는 모래 손아귀 힘
나 지금도 길 잃을 때면 소금기에 젖은 발이 자꾸 무거워진다

개성 선죽교에서

김윤호

버스를 타고 평생 처음 비무장지대 임진강을 건너
개성 시내에 들어왔다

차창 밖으로 손을 흔들면
웃으며 손을 흔들어 주는 순박한 개성 시민들

만주벌판을 말 달리던
고구려의 기상을 계승하려던 왕건의 혼이
나무 없는 송악산 자남산 산자락에
붉은 진달래꽃으로 피어났구나

정몽주의 피가 대나무로 솟아나
오늘 우리의 갈 길을 밝혀주는 선죽교에
남녘 북녘 사람들이 모여
함께 물을 주고 비료를 주며 잣나무 묘목을 심었다

어서 무럭무럭 자라나서
평화의 잎사귀를 무성히 달고
통일의 열매를 주렁주렁 맺는

민족번영의 큰 나무가 되거라

먼 후일 우리 아들 딸들이 찾아와서
선죽교 울창한 잣나무 숲에서
나라사랑의 뜨거운 꿈을 키우며
함께 손 잡고 노래하리라

내 집 앞엔 바람이 서 있다

김은숙

밤새 사근거리던 봄비가
멎었다.

어둠을 걷어낸 명치끝이 찡하다.

커튼 사이로 햇살이
갈근댄다.

엉킨 생각에 마음은 덧없고
살근대던 바람이
빈 가지에 와 울었다.

지난 봄 죽은 동생의 마지막
숨소리처럼
오늘 아침에도 빈 가지는 허기져 울었다.

바람의 넋일까

울면서도 가지에는 열꽃이 돋았다.

내 가슴의 멍을 지우기도 전에

봄볕은 타고 있다.
환생의 어린 꿈이
나를 밟고

우천시가 있는 지도

김은정

집집마다 약간씩은 다르지만
대체로
아이들이 아홉 살 즈음에 하는 짓이 있습니다.

아버지 휴대폰 문자 메시지로 날아온 한글을 읽을 줄 알게 되면
서 아이는 한 번씩 우천시라는 단어를 대하지요. 지도책 읽는 법을
어설프게 알고 있는 아이는 이 도시가 어디 있는지 궁금합니다. 강
원도에서 찾습니다. 없습니다. 경기도에서 찾습니다. 없습니다. 충
청북도에서 찾습니다. 없어요. 그렇다면 제주도, 그러나 어디에도
없습니다. 우천시.
　아이는 통일 염원 글짓기 숙제를 합니다. 겪어보지 않은 한국 전
쟁에 대해 구구절절 어색하게 잘 써 나갑니다. 자료들이야 인터넷
검색 서비스 도움을 받으면 아이 수준이나 어른 수준이나 구별이
되지 않는 경우가 많지요. 아이는 새로운 단어를 발견합니다. 빨치
산입니다. 어디에 있는 산인가. 백두산, 태백산, 지리산, 한라산, 빨
치산. 아이는 격전지였던 산을 신나게 열거합니다. 그리고 지도책
을 찾습니다. 그러나 어디에도 없는 빨치산.

　이런 이야기를 하면서

자기 아이가 어처구니없는 놈이라고 컹컹 강조하고 있더라도
그 얼굴을 자세히 보십시오.
내 아이 벌써 지도 밖으로 행군하고 있어 – 희색만면

圓을 깨다

김인구

접시, 밥그릇, 컵
삼일 동안 매일 하나씩 그릇을 깼다

깨어진 그것들을 한동안 말없이 바라보다가
날카로운 모서리를 지닌 채
빛나고 있는 그들만의 질서를 보았다

버림으로써 새로이 얻을 수 있는 그 무엇이
있음을 알고나 있었다는 듯
존재의 마침표를 눈부시게 찍어대고 있는
그것들의 생은 환하다

순간,
바닥에 내 부딪쳐진 그것들의 몸뚱이에는
어떤 의미도, 슬픔도 끼어 있지 않음을 알겠다

깨어진 것들 조심스럽게 하나가 된다

잎 지는 소리 듣다
-경계에 관하여 47

김일태

잎은 스스로 주체할 수 없을 때 돋고
가장 가벼워 졌을 때 진다
지켜서 오고 맞추어 그냥 감을
소리 내어 알리고 싶지 않기 때문이다

칠십 평생 흙 밖에 쥐어 본 적이 없는
병 없이 살다 가신 상득이 어른

다투지 않는 모습으로 모든 것 되돌려주고
가장 낮음을 취하는 저 든든한
땅울림

詩作法

김점미

지금 내가 쓸 수 있는 것이 사랑 시밖에 없다면 나는 손가락이 해지도록 쓸 것이다 쓰다가 쓰다가 내 손목이 떨어져 나가도 혀끝에 감도는 그 낱말들을 놓치지 않을 것이다 길고도 긴 기다림의 끝에 매달려 살아온 시간의 빈방이 다 차도록 쓰고 또 쓸 것이다 내 주변의 공기가 다 녹아 내리도록 뜨겁게 달군 펜으로 남아 있는 한 장의 종이가 다 타버릴 때까지 나는 쓰고 또 쓸 것이다 쓸데없는 유예의 강에서 모든 물을 뽑아 버릴 것이다 그래서 흐르다 흐르다 지친 눈물의 소망을 들어줄 것이다 잿더미가 된 내 육체를 끌어안고 하염없이 울고 있는 그대를 위해 잠시 나의 역사를 멈추어줄 것이다 그러면 우리는 정지된 채 아래로 아래로 흐를 것이고 흐르다 지치면 깊디깊은 어둠의 땅을 덮고 잠들 수 있을 것이다 그때 나는 없게 되는 것이다 그대의 찬란한 눈동자 속에 다 녹아버린 것이다

비트로시스

김정완

깊은 더 깊은 산 幽玄의 몸 속 백 이십 년 山蔘
풍기 폐교된 교실에서 산삼차 한 잔 마신다
슬라이드를 본 후 식물의 세포복제 배양실에 들어선다
백 이십 년 산삼은 토막토막
보오얀 콩알 가슴을 안은 유리 배양기에 숨쉰다
춥지도 덥지도 않아 솜털 살이
기지개를 켜고 복제되는 두 해가 지나간다
두 번째 비트로시스* 안의 여행이 시작된다
물을 따라 사지를 조금씩 뻗는 흰 꽃들
산성비 비켜가고 내가 살던 토양 그대로 悠悠自適하다
흰 구름 푸른 하늘 유영하는 겉도 안도 아닌 우주여행
하루에도 수십 번의 겨울이 지나가고 봄이 오고 여름이 온다
나는 속는 줄도 모르고 생명이 움트고 있다
잠자고 꿈꾸고 백년 숲 속 시간의
산새소리 풀벌레소리 풀꽃들의 몸짓 말소리 몸 속에 가둔다
비로소 내 몸에 치솟는 힘을 느낀다
가슴에 큰 불덩이 안아 의관을 바르게 온갖 의의를 갖춘다
뿌리의 靈妙한 내 몸 神仙의 희고 긴 수염을 휘날려
생물반응기(Working volume 15톤) 가득하게

그 안의 부산스러움이 바깥으로 귀를 연다

내 안의 산삼차 한잔은 빨간 삼꽃이 피어나고
가슴의 우레는 심봤다 심봤다 내 귀를 연다

* 비트로시스: 생명공학기술 중 생물반응기를 이용한 식물의 세포, 조직 및 기관 대량배양

　　기술 연구소

고봉 보리밥

김정원

밥쌀을 씻는다
수돗물을 잘못 틀어 그만
쌀이 파편처럼 흩어졌다

주워 올렸다
새들이 모이 쪼아먹듯
한 톨 남김 없이

문득 기억은 외운다
이 산하는 그때 깨어지고 통곡할 때
'아 나는 살아 집에 돌아왔구나,'

도대체 어쩌면 나는 잊을까
해질 녘
충청도 두멧골

뉘 집 앞길에서 얼핏 스친
고봉 보리밥 한 그릇
서리 내린 이 정수리에 총알인 채 박혀

그땐 울어지지 않던 그 밥의 높이
이제 와 울컥 수돗물 잠그며
쌀 한 톨에 고개 숙인다.

술마시는 이유

김정윤

비가 오면 탄식처럼
술을 마셔야 한단다

비가 오지 않는 날도
한숨처럼 술을 마셔야 한단다
이유가 뭐냐고 물었더니
우주 어디에선가
하루도 빠지지 않고 비가 오니까
우주 어디에선가
하루도 빠지지 않고 별이 되는 사람이 있으니까

이유 같지 않은 이유에
기우뚱 하루가 일어선다

흔들흔들 비가 일어선다

신의 형상 중에서

김정자

누가, 조금씩
해를 잘라 버리나 봐
햇살이 뜨거울 때마다, 온몸
자갈돌이 박힌단 말이오
그런데
포풀라의 큰 아가리가 해를 뜯어먹었다는 소문을 믿다니
여자들은, 거미를
낳아 해의 몸뚱이를 거미줄로 짠 외투 속에 숨길 것이라 하오
시뻘겋게 녹 쓴 생철지붕의 생가로, 10세
적 메뚜기 날아가고 있소
덧없이 달리는 기차를 타고, 얼굴과
첨탑과 가로수를 버리는 일은 간단해
폐결핵의 기침이 뱉어놓은 검붉은 단풍 숲에, 벼슬
이 푸른 수탉이 홰치는 커피 잔도 버렸어
행인을 따라간 해바라기의 입 속에도, 말
하는 혓바닥이 있단 말이지

동백꽃

김정희

무성한 잎들이 일제히 창을 꺼내들고
나무를 호위하고 있었다
빨갛게 상기된 꽃봉오리들은
잎들에게 등 떠밀려 하늘로 기어오르며
봄의 앞길을 가로 막는 겨울을 밀어냈다
잎들도 창을 휘두르며 따라서 소리쳤다
잎들에게 찔린 겨울이 절뚝거리며 물러간 날
꽃은 가지에 걸어놓은 횃불로
세상을 구석구석 밝혔다
떠나가는 척 하던 겨울이
얼마후 뒷걸음질로 다가와
날 세운 긴 칼 함부로 휘두를 때
꽃향기에 취해 있던 잎들은 얼핏 돌아서서
제 자리만 지키고 있었고
끝까지 몸부림치는 동백꽃들은
모가지가 뎅겅뎅겅 잘렸다
그 자리에서 치솟던 핏방울이 떨어져
나무 아래 흥건히 고여 있었다

숲은 모르는 척 눈을 감고 있었다

흰 꽃
―이승을 떠난 벗들에게

김종길

여기는 지금 초여름.
그 흔해빠진 아카시아는 말할 것도 없고
찔레며 조팝나무며 이팝나무,
그리고 이웃집 담장 안의 불두화까지,

모두들 녹음을 배경하여
흰 꽃을 소담하게 피웠다가
더러는 벌써 지기 시작하네.

흰 꽃은 늙은이들,
또는 죽은이들에 어울리는 꽃.
올해는 나 혼자 여기 남아

그 꽃을
보네.

폐선, 부두에 눕다

김종섭

결코 희망일 수 없는 출항 전야
절망할 수도 포기할 수도 없는 생존,
달빛 부서져 파도 비늘 일렁이는데
소금기 절은 폐선에 오른다.
거칠고 쭈그러진 살갗
목재의 속살은 썩어 푸석대고,
붉게 녹 쓴 갑판 모서리
난간에 놓인 손끝마저 위태롭다.
그래도 접을 수 없는 만선의 꿈
풍어의 기억 떠올리며 깃발 올려야지.
낡은 시간의 닻줄을 감으며
거칠고 차가운 풍랑, 오히려 가슴을 덥힌다.
쌍욕에 깡소주 한 모금 들이키면
목쉰 뱃고동도 출항의 울음 토한다.
게슴츠레 꺼져있던 늙은 어부의 동공
화들짝 등불처럼 열리고,
고래 등짝만한 고기떼 몰고 오는
부푼 꿈에 설레인다,
내일 비록 폐선 위에 쓰러질지라도.

첫 티샷을 위하여

김종철

발 앞에 놓인 흰 공에 첫 키스를 한다
높이 높이 오른 빌딩 숲 너머,
한낮에도 번쩍이는 전광판의 패러다임
힘 빼고 스윙하는 데만 삼 년 걸린다는
너를 마음껏 휘두른다
까짓 것, 내가 꼭 쥐고 살아왔던 그것이
무엇이든 놓자 놓자 놓아 버리자
하루에도 수십 번 힘주어 쥐고 살았던
숟가락과 젓가락,
굽은 인사동 젖은 밤과
낡은 탁자와 무릎을 부딪친 소주병
젖먹은 힘을 다해 꼬옥 쥐고 다녔던
당신의 서류 가방,
아침 출근 만원 버스에 숨 멎은,
70년대식 구두 뒤축에 박힌 징
오호라, 너희들이 내 편자로구나
내 유년의 천연두 자국까지 닮은 하이얀 골프공에
서러운 편자 자국들의 풀잎 위에
오늘은 내가 오또마니 앉아 있구나

백두산과 선녀

김종해

백두밀영 아래 소나기가 내려서
잠시 비를 피해
숲속으로 들었는데
오오, 눈부신 아름다움,
나는 그곳에서 잠시 눈이 멀었다
빗방울 머금은 풀숲 속에는
노랑 꽃대를 밀어올린 곰취꽃이,
우정금 흰꽃이
선녀의 모습으로 옷을 벗고 있었다
나는 그 옷을 몰래 감췄다

연蓮

김주혜

 그가 보고 싶어 연꽃마을로 달려갔다. 숨은 듯이 참선參禪을 하고 있는 그에게 손을 내밀었다. 거리를 두고 가부좌跏趺坐하고 앉은 그의 손가락 끝에 잠자리가 날아와 앉는다. 잠자리의 눈에 핑 눈물이 고인다. 나는 눈을 감았다. 가깝지도 멀지도 않은 곳에서 구지화상이 손가락 하나를 세워 보이며 하얀 피를 철철 흘리며 서있다. 동쪽으로 갈 것인가 서쪽으로 갈 것인가. 그의 향기가 점점 짙어진다.

별과 바람

김준식

별은 말도 할 줄 모르는
바보다.

바람은 더욱 바보다.
스스로 빛을 밝히지도 못하는
바보다.

맑디맑은 눈짓과
슬쩍 건드리고 스쳐 지나가는 것만
할 줄 아는 바보들이다.

그러나
그 반짝임에 넋을 잃고
슬쩍 한 번의 건드림에
비틀거리는 우리는 더욱
바보다.

바람과 별에
모든 것을 절망하는 우리는
바보다.

낙엽

김지원

온 산은 빗소리가 가득하다
떨어진 낙엽들만 귀를 열고
빗소리를 듣는다
무거운 짐을 벗으므로
비로소 들리는 소리.

유비쿼터스
―자동 지우개

김지향

하늘에 지우개가 지나간다
먼지가 닦인다
지우개가 지나간다 하늘에
거울이 절벽처럼 걸린다 거울 속엔
끈 달린 새빨간 홍시가 토닥토닥 불꽃놀이 한다
지우개가 지나간다 불꽃 속에
자전거를 탄 아이 하나 손가락만한 핸드폰으로
반짝 스치는 총알처럼 불꽃을 쏜다
하늘 가득 마띠스의 물감통이 엎질러진다

아이의 휴대폰엔 지우개만 찍혀있다

이팝나무

김지헌

깜빡 든 낮잠 속 분명
눈사태를 본 듯 했다 그런데
눈밭에 나비라니!

이팝나무 하얀 꽃무더기 속
혼절한 흰 나비를 보았다

어린 날 봄꽃 흐드러진
뜨락에서 마주쳤던
뱀과의 두려운 기억처럼
뇌수에 불 켜지듯
번쩍 섬광으로 터지는
수천수만 볼트 폭발의 순간

꽃들은 힘껏 제 몸 열어 제치는데
나 아직껏 기절할 만큼 누군가를
사랑해 본적 없어
흰나비와 꽃들의 소통을
미처 눈치 채지 못했다

세상의 모든 색色을 지워 버린 듯
이팝나무 눈사태에 그만
길을 잃고 말았다

정희의 구름

김진성

정희는
먼 나라로 가고,
정희가 좋아하던
구름만 남았습니다.

눈부신 봄햇살이
서러워질 때면
강가에 나와
하늘을 봅니다.

정희의
맑은 영혼과
흰 피부를
닮은 구름은,

아아 그녀가
이승에 두고간
단 하나의
유품.

밤마다
구름옷 개켜
고이 간직하는
꿈을 꿉니다.

숨바꼭질

김찬옥

제단 아래 많은 술래들이 모였다

누군가는 목 놓아 울며 그를 불러대고
누군가는 옛이야기를 들추어내며 눈시울을 붉혀 대고
누군가는 사내의 멱살을 움켜잡고 그를 찾아내라고 야단이다

지친 술래들은
탁자에 빙 둘러앉아
소주를 마시고 돼지고기를 먹고
육개장에 밥 한 그릇 뚝딱 해치우기도 한다

제단 위에 꽂혀있는 저 해맑은 얼굴
이승에서 술래잡기를 하다가
더는 숨을 곳이 없어
국화꽃 덤불 속으로 숨고 만 것일까

누구라도 흰 국화꽃 무덤 속으로 숨어버리면
정말이지 찾을 수가 없다

무궁화 꽃이 피었습니다
무궁화 꽃이 피었습니다
술래들은 차츰 늘어나
방안 가득 무궁화가 지천으로 피어난다

바로 옆방에서도 숨바꼭질이 한창이다

서니암* 이야기 2

김청초

이승의 연끈 하나 끊어졌는가

스님의 독경소리
계곡 물 바람 소리
살아 갖었던**
옷 한 벌 신발 한 켤레
불에 섞여 바람으로 날린다

한 사람의 기억은 연기로 오르고
몸의 기억은 재로 남는가

이제 어떠한 빛깔도 가질 순 없나

무명옷 한 벌에 고무신 한 켤레
너무 희어서
서럽다

* 서니암: 충남 논산에 있는 조그마한 암자.

** 갖었던: 갖고 있었던

동백꽃그리움

김초혜

떨어져 누운 꽃은
나무의 꽃을 보고
나무의 꽃은
떨어져 누운 꽃을 본다
그대는 내가 되어라
나는 그대가 되리

장사익

김추인

그의 소리를 들으면
칡내가 난다
칡속의 걸죽걸죽한 것이 귀바퀴를 돌아
목울대에 걸릴 듯 걸릴 듯 느리게 넘어간다

그를 품으면 칡꽃내 진동할 것 같은 사람
이 땅 아니면 설 곳이 없을 것 같은 사람

조선 베적삼이 말려 올라간
사내의 목청이 바위등을 타고 넘는 사이
그의 내해엔 자줏빛 칡꽃이 붉는다
팔월이다
누구 늦깎이 처자 달거리 배어나듯
바위등을 타고 또 칡꽃이 터진다
저 땅끝 밥짓는 마을까지는
사내의 소리에서 칡내가 풀풀 난다

금빛 연아
-2006 세계 주니어피겨 우승을 보며

김태호

은반을 날으는
백년의 꽃이었다

한 마리 새가 되어 돌아온
날렵한 트리플 점프며
'파파 캔 유 히어 미'
감미로운 음악에 맞춘
아름다운 율동은
류블랴나 밤하늘 반짝이는
찬란한 태극연의 몸짓이었다

차가운 얼음판
낙하산줄 매달리는 고난도 훈련
어린 나이에 얼마나 한 담금질이었을까
빼어난 기량 완벽한 연출은
쇼트에서 프리스케이팅까지
일본의 아사다를 제치고
보란 듯이 시상대에 우뚝 서는구나

소녀의, 백년만의 꽃이여
이제 너의 앞길 두려울게 있으랴
2010년 밴쿠버에서도
오늘의 장한 모습 다시 보여다오
푸른 하늘 솟구치는
금빛 찬란한 우리의 연아

백두산 일박

김태은

푸르른 5월에도 백두산은 외투를 입고
자작나무 일개 소대가 하얀 뼈로 창 밖을 둘러
삼림 속 아늑한 품에 호젓이 안겨 안락하다
하늘도 방광염이나 앓았으면 좋았을 것을
적송 잎잎 사이로 구슬비가 내린다
다음날 먹구름은 ktx창 밖 풍경 스치 듯 간다
무빛 하늘이 열려 유난히 청명한데
천지는 지하수 솟는 태고적 자궁였나
무채색 처녀막으로 얼음이 덮혀 길을 떠나네
맨발로 먼 길을 떠나네.

한 남자가 아기를 안고 있다

김한순

다동 A라인 현관앞
한 남자가 아기를 안고 있다
분홍색 포대기에 싸이고
파란 양말을 신은 아기발이 비친다
밤 아홉시 반,
현관문에 걸려 있는 백열등은
남자가 움직일 때마다
켜졌다 꺼졌다 자동으로 움직인다
그 남자
아기의 얼굴을 한 참 들여다보고
가슴으로 바짝 쓸어안고
흔들흔들 한다
꺼졌던 불이 들어온다
다시 불이 나간다
헤드라이트 켜진 차가 들어온다
아기를 안고 있던 남자
몇 계단을 내려왔다 다시 현관 앞에 붙어 있다
아기가 칭얼댄다
조금 전보다 많이 흔들흔들 한다
가슴에 얼굴까지 끌어당긴다

나무 아래서

김현숙

비 개인 오후
환하게 햇빛 들어
가지런한 두 발 아래
길 오가며 무수히 밟은
사람들 발자국 보이네
머리 위 물결치는 바다
저 잎새들 우쭐거리는 어깨춤에도
종일 벌서듯 들어올린 마른 팔
받드는 것조차 조심하며 숨겨둔
나무가지 저린 손 있거늘
자기 몸 한 구석
헌데 없는 자도 있으려나
내 속에 푹 파인 우물
가뭄에도 아랑곳 않는 눈물 있으니
흐린 눈 자꾸 부비며 들여다 보는
사람들 있으니

매미

김현지

지난 해 초가을
열린 창문 안으로 날아 든 쓰르라미 한 쌍
미라가 된 채 책장위에서 일년 상(喪)을 맞는다
사랑의 도피처가 하필 이 고층빌딩 철재빔 사이의
열린 유리창 안이었던 걸 알고 날아 왔을까
죽었어도
후회 없을까, 그 영혼 평안할까

다시 한 떼의 매미들
막바지 울음으로 자지러지는 늦여름 창가
마주 앉은 두 매미의 바싹 마른 날개 속에서
스르람~~스르람~~
사랑의 화답송 새어 나오고 나는
입술 부르트도록 부르고싶던 푸른 연가戀歌 한 소절을
매미의 절창 사이에 끼워 넣는다

사르람~~사르람~~
내 노래를 삼킨 매미가 운다

노래와 울음의 모호한 변주곡

앙코르와트

김화순

신을 만나러 가는 길은 가파르고 높다
직벽의 계단 네 발로 기며
나는 오로지 호기심만으로 78도 공포의 경사를 오른다
그러나 이제 아무도 저곳에서 신을 경배하지 않는다

저 돌탑, 저 성벽을 살아온 돌의 결들이
어느 날 사원의 중앙탑이 되고
회랑이 되고 사면상 관음이 되었다
회색풍경이 단색으로 아찔하게 낡은 시간들
자이언트 팜나무 뿌리에 목 졸린 성전을 향해
불개미 한 마리가 무한대의 폐허를 기어오르고 있다

수미산 오르는 길이 이러할까
몸과 마음 기꺼이 낮추고
오체투지 기어오르는 그들이 바로
未來佛?

시인의 가슴에 심은 나무는

김후란

시인의 가슴에
심은 나무는
산수유마을에선
노란 산수유꽃으로 피고
매화마을에서는
뽀얀 매화꽃으로 피네

허공 가로질러 날아가던 새가
잠시 아주 잠시
깃을 접고 쉬어가고
피어있는 잎사귀마다
그리운 이름이 적혀있는

시인들은 저마다
다른 나무로 키우면서
저마다 잘생긴 나무로 키우면서

밤이 깊어지면
나무 한그루씩 품어안고

길을 떠나네
맨발로 먼 길을 떠나네.

환승역에서

김훈영

만남과 헤어짐이
저토록 분명하게 길을 알려주는
화살표만 같다면
구원의 손을 내밀 듯
갈아타는 곳을 정하여 주기만 한다면
오르고 내리고 꺾어져도
잘 못 살아온 생이라고
서둘러 밖으로 몸을 뺄 일 없겠다
조금 전 타고 온 열차는 과거로 가고
새로운 열차를 갈아타기 위해
긴 터널을 지나오며
생각을 물어뜯었다
바꿔 타지 못한 그리움
너는 1호선에 몸을 싣고
나는 4호선에 올라야 하는데
기억 마르기도 전 열차는
눅눅한 바람 앞세우고
벌써 달려오고 있다

돌탑

나병춘

켜켜이 쌓인 돌무지 위에
딱새 한 마리 날아와 앉아
채 못 이룬 돌탑을 비로소 완성한다
새는 무엇이 갖고 싶었을까
되고 싶었을까?

포로롱,
돌멩이가 날아가고 나서
쉼표 빈 자리에
등 굽은 햇살이
한나절 놀다간다

하얀 깃털 하나 주워
낡은 모자에 꽂는다
가슴 주머니에 넣는다
빈 호주머니가 문득
충만해진다

벗

나숙자

그대 깊은 눈은
한 없이 자애로워,
세상의 시름을
다 거두어 버리는
그런 눈빛입니다.

보슬비 내리는
산길을
두 손 꼭 잡고 걷노라면
그대로 인해 나는
자연이 되어 행복 합니다.

그대는 어느새 비가 되고,
세상을 촉촉이 적셔
나 또한 그대 따라 비가 됩니다.

벗이여
그대는 어디서 왔고
나는 또 어디서 왔는지

몇 억겁을 넘어
이렇게 큰 인연으로 서 있는지
나는 늘 그대를 그립니다.

어머니의 달빛

나영자

정월 대보름
친정집 지붕 위로 달빛 따라온
어머니 하얀 웃음
푸른 메아리로 사뿐히 내려 앉습니다
우리 모두 당신의 뜰에 모여
꽃웃음 깔깔하게 흘리며
녹슨 불화로 앞에 둘러앉아
등 굽은 세월을 태우고 있습니다
당신의 향기 머무르는
달빛 아래
우리는 강물처럼 함께 섞여
사는힘 발끝으로 돋우며
새벽 등성이까지 닿기로 했습니다
밤이슬 돌아갈 때
우리 헤어져
미끈한 그리움으로 살다가 다시
당신의 달빛 밟으려 합니다.

이 숲 속에서

나태주

이 숲 속에서 가장 어리고
철없는 아이는 나이다

꾸국꾸국 산비둘기 저 녀석, 아까부터
할머니의 가래 끓는 소리로 울고 있고
(내가 잠시 저를 보고 있다 싶으면 울음을 멈추기도 하지만)
소나무 밤나무 더러는 상수리나무
건장하고 젊으신 아버지, 한참 시절 마을에서
상일꾼이었던 삼촌
크고도 굵은 다리통으로 서서 하늘을
받들고 있다
비를 맞고 새로이 피어난 도라지꽃 원추리꽃은 또 어떠한가?
어여쁜 누이처럼 한두 살 손위 누이처럼
나를 보며 고즈넉한 웃음을 흘려보내고 있다
아버지와 삼촌이 받쳐주는 그늘 밑 우산 아래서 나는
될수록 철없고 어린 아이여서 좋다

이 숲 속에서 나는 지금 아무 곳으로든
갈 수도 있고 가지 않을 수도 있다.

상처

노명순

장마가 끝난 후

늙은 앵두나무의
색 있는 꽃방이며 푸른 잎사귀의 정원은 사라지고 말았다
물 흐르던 녹색의 연한 살결에는 딱딱한 각질의 껍질이
둘러싸여 간다 이제 몸이 없어지나 보다 마음이
없어지나 보다 메마른 막대기가 되나 보다
벌레가 꾀고 농창이 번져 썩을 것이다
곧 엄청난 폭우에 시린 발목을 묻었던 땅까지도
무너질 것이다

어디선가 은은히 향기가 감돈다

그가 제 몸의 상처를 썩히고 썩힌 후
갖은 공을 들여 버섯 재배에 몰두하고 있다

드라이 플라워

노향림

드라이 플라워 하고 부르면
나의 입술이 벙그네.
벽에 비스듬히 기대어 고개 꺾고
깊은 잠에 빠진 그대
잠 속에 드라이한 나라가 있는지
드라이로 가는 길은 얼마나 먼 모랫길일까.
언젠가 진눈깨비가 치다 만
고비사막 타클라마칸 그리고…….
영롱한 붉은 꽃잎들은 떨어져 뒹굴거나
환한 동굴 속의 박쥐처럼 거꾸로 매달려 있네.
거꾸로만 매달려 있는 세상이 오겠네.

내가 너를 만나면

동시영

내가 너를 만나면 사랑이 되듯 민들레 풀씨처럼 구름물씨 될 것이다
물이 벽을 만나면 폭포가 된다 모든 것이 그러하듯
비는 세상의 가장 긴 폭포 하늘에서 다시 씨가 될 것이다
하늘에서 땅까지
허공벽을 날다가 물낙엽이 된다 구르는 물낙엽 물의 가을 만들고
지는 낙엽 속에서
나는 잠시 우울하다
한잎 물낙엽
거리를 비처럼 쓸어 주다가

자찬 自讚

류수인

나는 퍽이나 과분한 삶을 살고 있다는 생각을 해
애써도 애를 써도
가난에서 벗어나지 못하는 사람들을 보면서.

나보다 머리 좋고 나보다 돈 많은 사람들이
만족을 느끼지 못하는 것을 보면서
나는 나에게 말하지
너는 참 이뻐 저들을 닮지 않아서

나는 남들이 알지 못하는 특별한 재주를
가지지 않았어.
유능한 머리를 가지지도 않았어.
그렇지만 나는 나 자신에게 체면이 서
나를 동경하는 사람이 더러 있기에.

나는 나 자신으로부터 도망치고 싶다는 생각을
해 본적 없어
나 자신이 미워서 밤잠을 설친 적도 없어
그래서 나는 내가 참! 고마워.

꽃 먼저 와서

류인서

횡단보도 신호등이 파란불로 바뀔 동안
도둑고양이 한 마리 어슬렁어슬렁 도로를 질러갈 동안
나 잠시 한눈팔 동안,

꽃 먼저 피고 말았다

쥐똥나무 울타리에는 개나리꽃이
탱자나무에는 살구꽃이
민들레 톱니진 잎겨드랑이에는 오랑캐꽃이
하얗게 붉게 샛노랗게, 뒤죽박죽 앞뒤 없이 꽃피고 말았다

이 환한 봄날

세상천지 난만하게
꽃들이 먼저 와서, 피고 말았다

풀아

류정희

풀아
콩밭에 사는 풀아

너는 살고 콩은 죽어
할머니 목 타던 풀아

해가 져도 지지않는
여름 땡볕
잠없이 자라는 풀아

할머니 슬픔은
너를 사냥 하는 일

긴 잠을 보채던
요란한 밤을 넘어

잠든 콩밭길 깨우며
달려 가는 풀아

수만번 죽어도
수만번 살아나는 풀아

내가 꼭 그만큼
푸르다 풀아

나무를 깎으며

문상재

사는 것이
산다는 것이
몸통에 나이테를 두르는 것임을 알았네
깎을수록 떨어져 나가는
내 서툰 삶의 이력들
결 고운 연륜의 구릉을 본다.
저, 아름다움은 무엇으로 만들어 지는가
아프던 상흔의 옹이마저
꽃으로 피어나는 나무를 보며
내가 지나온 나이테를 뒤돌아본다.
지우고 싶은 옹이 자국들
아프던 상처마저
꽃으로 피워내는 나무의 속살처럼
나는 무엇으로
나에게 걸맞은 무늬를 그려 갈까

오래된 상처는 용접되지 않는다

문수영

먼지를 털어 내고 뼈를 찾아서 살을 붙인다

한 때 거침없이 달렸을 몸 속에 뜨거운 입김을 불어넣는다. 나는 알았다. 어둠 속에 오래 누워 있으면 누구나 귀먹고 눈먼다는 사실을. 오래된 상처는 쉽게 용접되지 않는다. 날카로워진 신경을 달래고 그 위에 마음을 포갤 때 비로소 파란 불꽃을 일으키면서 나팔꽃처럼 피어난다. 사람들은 쇠로 집을 짓고 다리를 놓고 하늘로 올라가는 계단을 만든다. 오늘도 몇 사람이 상처난 몸을 안고 와 웃돈을 얹어주며 속성으로 용접을 주문했다 넘어져도 깨지지 않고 눈비 맞아도 녹슬지 않는……

꽃잎이 피어나면서 던져놓은 저녁 하늘

홍/탁

문인수

홍어회는 술안주다.
어두운 마음이
검은 발자국처럼 납작 숨죽여
바닥인 놈, 씹는 중이다.
잘 삭힌 毒,
아니 살짝 썩힌 生이다. 그리움은 절대로 눈앞에 다가오지 않고,
오지 않는 것만이 그리움이어서 오래 기다리는 마음은 망하고, 상
해서
역하다. 한 방 되게 쏘는 일침,
가책이 있다. 탁주에
귀싸대기처럼 불콰
달라붙는 나락, 뿌연 저녁에
퇴폐 또한 맛이다.

늑대거미

문정영

거미는 거미줄 위에서 어떻게 자유로울까?
꽃들은 나무에서 얼마나 자유로울까!
세로로 세로로 걷는 거미들의 습성처럼, 꽃들은 아래로 아래로
목숨을 던진다 목숨 던질 때를 아는 꽃들의 풍유,
그러나 끈끈한 가로의 줄마저 끊어버리고
세상 쪽으로 길을 낸 것도 있다
벼 잎과 벼 잎 사이를 건너뛰며 익은 벼처럼 무겁게 공중을
받쳐 드는 것들이다
집 없는 대신 새끼를 등 위에 업는다
난낭도 그가 지고 가야할 짐이다

사랑 또한 집착에서 얼마나 자유로울까

줄리엣과 심심한 연애를

문창길

황홀하게 슬픈 섹스처럼 나는 줄리엣의 몸속 깊은 곳에 뿌리를
박고 있다 깊고 깊은 밤의 조명등 아래 알아듣지 못할 밀어를 나눈
다 그러자 곧 나의 그림자가 부활한다 참으로 밤은 깊고 어둡다 그
어둠보다 더 어두운 나의 사타구니에서 더듬이 잘린 바퀴벌레 한마
리 기울어진 세상을 점령하고 있다 재재한 잿빛안개가 줄리엣의 도
도한 몸매를 감춘다 더욱 의심스러운 반투명의 허연 살을 유령처럼
밀착 시킨다 혁 절정어린 소름이 문풍지 사이로 들어와 아토피성
티브이 화면에 무참히 솟는다 녹내장을 앓고 있는 눈으로 그녀의
붉은 사랑을 확인한다 홍등아래 매우 육체적으로 요염한 줄리엣과
내가 절정의 끝을 더듬으며 벅차게 비밀한 연애사를 적는다

해후

민영희

기약은 할 수 없지만
행여 만날 내일을 위해
밤은
빈 카메라의 셔터를 누른다.

사랑은
안개처럼 서리는 몽환

각인된 약속을 의심하며
미로일망정
출구를 향한 동굴에
종유석 기둥을 꺾어
빛부신 명패를 붙이며
소리 없이 쓰다듬어 보련다.

그 품에 안겨있어도 그리운 너

박광옥

청풍 강 깊이보다
더 깊게
월악산 계곡보다
더 맑게
말문 열어보지 못한
사랑의 내열로 승화된 가슴마디에서
백합꽃 향기를 피워내던
그렇게 정든 너의 품
내 눈물 떨구어
피어난 듯 네 눈물 그리워
오월에는 라일락 향기로 살다간
그리운 너
그 세월이 오붓이 살아 숨쉬는
그 품에 안겨 있어도 그리운 곳
고향강 언덕에
열매 없이 피고지기만 하던 사랑 꽃을
오늘도 품에 안고
청풍 강은
호수가 되어 비 오는 날을 울고 있구나.

모 량 역

박곤걸

스무 살 적 푸른 하늘을 찾아가면
기차는 지나가지 않고 바람이 지나가고
옷자락을 스친 인연, 마음자락을 흔들고 간다.
목월木月의 모량역은
나그네 없이 벽에 걸린 시계가 노을 속에 멈추고
나의 시간을 거머쥐고 손금에 그어진 이정표를 본다.
목월木月의 모량 안마을은
윤사월에 신들린 꽃님이 웃음 같은
살구꽃이 아침에 피더니 저녁에 지는데
지는 꽃잎이 어둠의 품에 별이 되어 반짝인다.

사랑의 시작입니다

박남권

누구를 사랑한다는 것은
마음을 비우는 것입니다
하늘은 늘 비어
이 세상을 사랑하고
세상을 포용하는 그 넓음
우주까지 품에 넣어 사랑하는
광대무변 또는 무심
누구를 미워한다는 것은
관심입니다
사랑이 너무 깊기에 미워지는
사랑의 결과입니다
비운다는 것이 사랑의 시작입니다
더 큰 사랑의 준비입니다

두통나무

박남주

나는 '두통나무' 의 잎사귀를 혀로 핥은 뒤 머리에 갖다댄다
 '두통을 가라앉히기 위한 나이지리아 사람들의 민간요법이 내게
도 신통력을 발휘하기를!'

오늘 하루 난 신비스런 마법사가 된다
내 이마에 갖다댄 '두통나무' 잎사귀에 대고 주문을 왼다
한번 내 마법에 걸리면 그 누구도 결코 빠져나가지 못하리라
내가 주문하는 대로 모두 이루어지리라

그 날 이후
내 머릿속은 '두통나무' 초록 수액으로 출렁거렸다
단단한 바위틈에서 차고 시원한 물이 흘러내렸다
깊은 숲 속에 사는 붉은머리알락새가 자유롭게 훨훨 날아다녔다

 내 지긋지긋한 두통이 아예 '두통나무' 의 윤기 나는 진초록 넓은
잎사귀 속으로 옮겨간 것인지, 내가 건 주문에 꼼짝없이 갇혀 활개
를 펴지 못하는 것인지 알 수가 없지만

물음표

박남희

감나무가 푸른 감을 매달고 있다
감은 제 표면에 물음표를 숨기고
둥근 세계만 보여준다

가을이 되면서 물음표는 감과 함께 읽는다
감이 농익어 떨어질 때
물음표는 떨어지지 않고 익은 채로 허공에 있다
가을은 둥근 열매를 떨구고
허공에 무수한 물음표로 매달려 있다

그런데 익은 물음표가 열매와 함께 지상으로 훌쩍
뛰어내리지 않고 허공에 하염없이 매달려 있는 것은
집집마다 익지 않는 물음표가 있기 때문이다

장롱 속에서 사람의 몸 대신
무거운 옷을 떠받치고 있는 물음표들은
여름이 가고 가을이 와도 익지 않는다
익지 않는 물음표들은
사람의 얼굴이 있던 자리에 빼꼼히 제 얼굴을 내밀고

익기도 전에 먼저 썩어가는 비대한 몸의 윤곽을
가까스로 떠받치고 있다

익지 않는 물음표는 제 몸에 둥근 것 대신
각을 숨기고 있다

벚꽃

박덕중

1
시리도록 눈부신
네 살빛이
네 전부인가

나비도 네 품에 앉아
눈멀고 취해
꼴깍 죽는구나

2
손 끝 아리도록
떨구는 설움이
네 슬픔의 전부인가

바람도 곱게 받아
訃告張처럼
저 하늘로 날려보내는구나

너보다 더 질긴

박 등

질경이, 너!
이 흙비를 맞고도 꿈쩍 않는다고?
가뭄에도 죽지 않고
짓밟힐수록 힘이 난다고?
으스대지 마라
너보다 더 질긴 놈
있다
한겨울 눈보라 속에서도 얼지 않고
한여름 뙤약볕에도 타지 않는,
깊은 나락으로 밀어 넣어도
기어이 기어 나와
가슴에 착 달라붙어
뗄 수도 지울 수도 없는
백 번 죽여도 백 번 다시 살아나는
아주 질긴 놈,
그리움

축구공은 구멍이다

박만진

축구공은 구멍이다
튀어 오르고
굴러다니고
뻥, 하고 하늘 높이 치솟았다가
운동장에 다시
떨어지기도 하는

구멍이 오늘이라면
오늘이 축구공이라면
너도 나도
박주영이가 되어
박지성이가 되어

굴러다니고
튀어 오르는 축구공을
구멍을
부지런히 몰고 다니다가
뻥, 하고 하늘 높이 띄우다가
저녁노을 속으로

숫 골인, 골인시키자

구멍이다, 축구공은

녹색 프리즘으로 세상을 훔쳐 보다

박명자

녹색 프리즘으로 세상을 훔쳐보면
지구 저쪽에서 낯선 그림자 하나
또박 또박 내게로 가까이 다가온다

정확한 그의 발소리에 상수리 잎새들 조금씩 흔들리고
동그란 햇살 무늬들이 그의 뒤를 따라 올 때

하루낮 이틀밤 숨통을 가두었던 네모상자들이
송화가루 사이사이로 날아간다

그는 잠깐 엎드려 풀피리를 다듬고
나는 보리사 뒤안으로 피어오르는 구름 궁전을
바라본다

〈 버릇없는 풀꽃들의 영혼은
  전생에 밥풀들이었을까? 〉

녹색 프리즘 저쪽 외딴 마을에서
수수한 들짐승 한 마리
외나무 다리를 건너오고 있다

한강의 숲

박문재

물빛 푸른 북한강과
순하고 따뜻한 남한강이
쉬지 않고 굽이쳐 휘돌아
흥건한 젖줄기 이루었으니
땅과 물의 기운이 용솟음 치는 곳
한강.

흙이 살아야 물이 살고
물이 흘러야 사람 사는 일이 융성해 가는
숲과 자연과 사람이 상생의 길을 꿈꾸는
고장.

반딧불이가 날고 허수아비가 춤추는
꿈과 서정의 마을
우리 모두 미래를 향하는 파수꾼으로
순수 자연의 보고를 만들어
울울 창창
내일의 세상을 본다.

* 양수리 생태공원에는 박문재 詩碑 '한강의 숲'이 보입니다

매미사랑

박방희

무성한 綠陰 속에서 오로지 제 울음소리로만 저를 표하는 매미가 여름내 우는 것은 안아도, 안아도 다 안을 수 없는 사랑 때문이라고 한다.

껍데기 매미, 아직도 나무서방을 꼭 껴안고 있다.

추억이 위험하다

박상천

내장 공사가 덜 끝난 신축 건물,

'유리조심'

'상가 분양 및 임대 문의
011-97xx-xxxx'

붉은 글씨의 종이 딱지가 붙어있는
유리창 안 시멘트 바닥에는
아직 정리되지 못한 추억들이
그렇게 버려져 있다.
조심할 것은 유리가 아니라
버려진 추억들이다.

버려진 추억들은 유리보다 훨씬 위험하다.
먼지섞인 톱밥과
페인트 통 하나,
잠시 임대한 공간 속에 놓인
버려진 것들이 임대한 시간의 적요,

그것들이 위험하다.

갑자기 전화가 걸고 싶어진다.

행복을 얘기한다

박선조

피곤한 육신을 쉬게 할 수 있는 안식처가 있고
피곤한 영혼을 달랠 수 있는 낙서의 버릇이 있고
내 몸 살펴야 하는 의지가 있고
사랑하는 자식과 아끼고 싶은 이들이
아직은 내 곁에 있어
나는 행복하다 하곺다

두 발로 걸어 다닐 수 있는 성한 다리와
시끄러운 세상살이보다
좋은 얘기만을 듣고자 하는 두 귀가 있고
세상 모든 인심이 날 속여도
내가 남을 속일 마음이 없는 여유를 소중히 여기고
푸른 하늘 푸른 산을 볼 수 있고
오늘 떠오르는 태양 앞에 부끄러움 없이 살고자
탐하는 욕심과 약삭빠름을 멀리 하곺다
게으르지 않는 육신과
맑은 정신을 갖고자 하는 넉넉함을
행복이라 하곺다

까치밥

박성숙

집 나간 자식 그리운 어미
감나무 앞을 지날 때마다 뱉어낸
이름이 가지에 올라가 영근다
속으로만 단단히 동여맨
하늘도 짐작키 어려운 속내
자식 불러들이듯 하나 둘
휑한 가슴 한 켠에 켜켜이 쌓는다
동구 밖까지 길게 뻗은 가지
발갛게 짓무른 눈
가지 끝에 걸린 몇 덩이
차마 내려오지 못해
허공에서 물러지는 마음
무소식만 물어오는
소임을 다하지 못한 까치
매어 달린 그리움
겨우내 비껴난다.

빈터

박성웅

맘모그래피 화상畵像의 중앙에 놀랐을 것이다. 가슴 두근거릴 틈
도 없이 방사선요법, 항암요법으로 동여매인 고통의 유방암 국한局
限을 도려내면 그 빈터가 낯설다.
숨 가쁘면 융선도 가쁘고 숨 고르면 융선도 고르다. 모자라지도
않고 넘치지도 않던 두개의 봉우리, 뽀얗고 소담스러운, 들락날락
은밀한 관능을 맞대던 유방이 함몰됐다.

사계절 곱게 꽃피었다가 혼탁한 세상만큼, 불길한 응어리만큼 삶
을 허술히 쏟아버린 술잔이 되었을 것이다.
그리움을 집약한 그녀의 균형, 윤곽의 찌꺼기까지 걷어내고 외형
은 일렁인 한 점 삭막의 안쓰러움일 수 있다.
그녀 일생의 잃어버린 부분과 풀꺾인 수긍을 짚는 허물, 남은 세
월을 언제나 브래지어로 얹어놓은 기억들도 파인다.

빛살 가득 노크하는

박송죽

뒷산 울창한 떡갈나무 숲
바람 속에 바람으로 꿈속에 꿈으로
영 너머 노을빛, 가슴 한 켠 그림자만 남겨놓고
갈 수 없는 나라 ,갈 수 없는 시간으로
막 내리고 떠나간 어제 일랑
아쉬운 미련 추억 속에 접어 두고
익명으로 부쳐온 축원의 꽃다발처럼
축복과 희망 한 다발 ,송이송이 마음 설레임으로~
활짝 핀 기쁨으로 열리는 오늘 하루는
할 수 있는 모든 일에 해야 할 모든 일에
최선을 다한 삶의 배역 맡아 가진 것 없어도
푸르게 출렁이는 사랑 하나로
그대가 내 안에 내가 그대 안에
서로가 서로에게 들어가 마음자리
한 자리 등불 하나 켜 놓고
영원을 함께 할 생명의 빛 둘레에
오손 도손 사랑 꽃 활짝 들꽃 향기 다발로 묶어
오늘 하루 사는 것이 일생의 마감 날 같이
최선을 다 하여 오늘을 사는 것 뿐.

나이 이야기

박수진

입지立志에 나는 눈 어두웠고
약관弱冠에는 병약했으며
이립而立에 이르러서도 외로움에 비틀거렸네
하여, 그 화려한 말들 입에 올리기조차 민망했거니
우울한 잔치 끝난 서른 이후에는
넉넉하고 한 치 흔들림 없을 것같은
불혹不惑이 마냥 그리웠다네
바라던 불혹 또한 순식간에 찾아왔지만
하찮은 것에 마음 자주 빼앗기고
작은 일에도 흔들린 적 많아 부끄러웠네
누군가에게 짙은 그늘 한번 되어주지 못한 채
꽃피던 봄 가고 녹음방초 여름도 가고
한숨 나오는 쉰 고개 어느새 훌쩍 넘었지만
하늘의 뜻 안다는 지천명知天命은 너무 아득해
이제 함부로 나이를 말하거나 내세우지 못하네
그나마 위안 삼는 일 있다면
벗을 많이 두지 않아 헐뜯는 이 적고
타고난 빈약과 우매함 덕에
만나는 여인들 나를 반기지 않아

퍼뜨릴 염문 없어 주위가 고요함이라네
나이 들어서도 목소리 큰 열정은
아직 철들지 않음이라 했으니
더는 갈 데도 없는 이순耳順을 향해
말 수 줄이고 목소리 낮추며 가네
길 없는 나의 길 걸어가고 있다네.

마흔, 그 삶의 중턱을 넘어

박순자

숲이 푸르다
풍성한 결실 수확은 이르고
알알이 무르익는 열매
시들어 버린 가지
엉기성기한 골짜기에
손이 미치지 못한 터전도 있어
씨를 뿌리기에는, 늦었을까
쉴 수 없는 걸음이기에
매일 씨를 뿌린다

길은 멀고 산은 높다
푸른 숲 심겨진 과실수마다
잡풀을 뽑고 돌을 치운다
메마른 가지 잘라내
열매를 키운다
숲이 아직 푸르던가
계절이 짧다고 재촉하는
바람 소리
낮지 않은 삶의 중턱이다

호 두

박승미

만면에 웃음 가득 머금고 있는
하회탈이다

막걸리 한사발로 사설이 길어지면
방방곡곡 보고 들은 것
눈시울을 적셔 가며 풀어 놓다가
제 설움에 겨워서 흑흑 흐느끼는

장터마다 뿌리치지 못한 사랑놀이에
속 다 빼주고
쪽박처럼 굴러다녀도
언제나 모가지 뻣뻣한,

탈을 쓰고 나도 한 번
누굴
크게 웃겨 볼거나.

텔레비전

박시향

저 가공할 신종 무기들 좀 봐
퇴근하고 돌아온 집 거실에는
또 하나의 작은 집이 나를 기다리고 있다
나는 습관처럼 작은 집의 초인종을 누른다
작은 집엔 아름다운 꽃과 눈물도 키우지만
내가 제일 무서워하는 것은 다름 아닌
생각을 마비시키는 최신종 무기들이다
혹시 나는 자신도 모르게 영혼이 숯덩이처럼
까맣게 타서 정보의 바다에 둥둥 떠다닐까 봐
밤 9시 뉴스시간만 되면 어김없이
밤하늘 별빛 가운데 숨어버린다
현란한 광고에 이성과 논리마저 폭격당하는 날
생각보다 후유증은 심각해 보였다
마치 젖은 두루마리 휴지 같은
폭격에 웃다가 우는 나사 풀린 뇌를 가진 사람들
멜로물 연속극에 폭격당하는 슬픔의 저녁에도
나는 기차가 되어 기적소리를 울리며
감성으로 저항해 보지만 아무런 소용이 없었다
이제 집은 더 이상 안식처가 아니다

오늘밤 또 공습이 시작될 것이다
객관성마저 겨냥한 발포 명령은
과연 누가 내리는가?

바퀴 달린 의자

박신지

바퀴를 돌리면
작은 길 큰 길 다 말려 돌아간다

바퀴가 굴러가면
땅도 허공도 지구도 함께 굴러간다

사람이 만든 도르레와 바퀴가 굴리는 세상,
불원천리 구름길처럼 뚫어 놓는다

동쪽에서 서쪽으로
남극에서 북극으로
아직도 남아 있을 내가 몰라 서러운
갈 수 없는 나라
그 곳에 가 닿고 싶다

억만년의 빙하가 폭포로 떨어지는 저 머나먼
극지의 바다, 니르바나 맑은 바다까지
놀웨이 어느 피요르드 물가에 앉아
솔베지송에 젖어 들고 싶다

– 여름은 가고 가을이 오면 겨울이 지나고
봄은 간다 아! 봄은 가고 말아 –
바람의 수레바퀴 굴리며 다시는 가 볼 수 없을
그리그의 오두막에 앉아
아픈 관절 마디마디 풀어놓고 목 놓아 불러보고 싶다

낙화 연가

박영덕

피는 꽃 결
대자연 조화의 숨결
터지는 망울
아름다움 조율
바람결 꽃 향
품에 품는 향연
어느 날 한순간
떨어져도 지는 꽃 결
쓰린 가슴에 묻은
사랑 잔향殘香

개나리꽃 축제

박영숙

보고파 보고파서
또 너 보러 왔다

학여울 뚝길에 줄줄이 줄줄이
무성하게 서 있는 너

눈이 부시다. 가슴이 뛴다
그렇게 뿌려대는 희열 뒤집어 쓰고
노랗게 노랗게 천지를 흔들어대는구나

희열로 엮어진 삶의 지표
지그시 눈감고
이제는 철들어 과묵한 침묵

한발 한발 내디디며
노란 꽃잎에서
눈길 돌리지 못하는 것은

너같이 살아 보겠노라

다짐하기 때문

노란 천지가
정신없이 돌아가는 이곳이
보고파 보고파서
또 너 보러 왔다.

그대의 미소는 잠깐뿐

박영하

그대
눈에 비친 나의 삶이
안타까워 보여서
잠시 달래 주려는 마음으로
나를 기억하지는 마십시오

애절한 눈으로
잠 못 이루는 연민이
나를 감싸지는 못하니까요
오늘 그대의 미소는 잠깐뿐
언젠가는 거두어 가니까요

그림자에 가리어 보이지 않는다고
돌아서 가노라면 자꾸만
엷어지는 내 마음
나를 기억하지 마십시오

삐, 삐, 삐, 삐,

박의상

가을 길 나무에서 새가 찌찌찌찌한다

　　　　　　　나는 잠시 멈춘다

저 쪽 나무에서도 찌찌찌찌한다

좋겠구나, 아,

그래 나도 신호를 보내자 삐삐삐삐

나 여기 있다, 아,

　　　영미야, 아, 들었니

삐, 삐, 삐, 삐, 삐, 삐, 삐, 삐,

들었니, 이, 들었니, 이, 이, 이,

이렇게 좋은 날은

박자원

푸른 숲 안에 마음 떨구면
나도 짙은 꽃내는 되랴
그렇듯 가벼얍게 날아가버리면 어쩔까

싱그러운 오월 바람
내 마음은 억겁의 무게
태풍을 만난 듯 뒤뚱거리다가

청보리밭 들판으로 나가 서서
잡히지도 않는 세월을
마음만으로 붙들고 있을까

높은음자리로 아득히
말하는 듯 노래하는 듯
온몸 바쳐 춤이라도 출까.

강아지와 놀다

박재화

아내는 기도원 가고
아이들도 놀러 나가고 없는
휴일 한 때
텔레비전 '동물의 왕국'도 끝나고
전화 한 통 오지 않는 저녁 한 때
인형을 두고 녀석과 한판 붙었다
처음엔 당연 이쪽 우세!
하지만 곧 일진일퇴
한참을 팽팽한
줄다리기 끝에 결국 손들고 말았다
다음날부터 나만 보면
인형을 물고 덤벼드는 녀석의
패배를 모르는 힘, 본능의 힘!
못 본 척 피해도 애오라지 따라붙으며
앞발로 박박 긁어대는 습관의 힘!
세상의 攻防에서 몇 번이나
뒷날을 노리고 후퇴를 감행하던
家長에게 녀석은 밤마다
인형을 무기로 대든다
하, 이거야 원, 피할 길이 어디지?

사이間

박정자

쉬어야겠다하며, 돋보기를 내린다

낡은줄에달라붙어바파파바파파입술을오므렸다펴는문풍지바람
느슨해진주름마저열고펄펄귀를퍼트리는밤꽃비린내십년가뭄에도
녹지않는눈밭을헤치는오소리발톱허물어진흙담이리저리돌들이전
속력으로난다달궈진불판위마른옥수수처럼연달아튀어오르는파르
르파르르눈꺼풀떠는콩새머리를다치면서갇힌날개

잠깐 쉬어야겠다하며, 다시 안경을 건다

각시연꽃

박정자

고요한 수면을 베개 삼아
단아하게 누워 있는 연잎
조용히 잠든 사이

새벽 별이 살며시 주고 간
이슬 한 방울에도
수줍어 눈도 크게 못 뜨다가

양볼 어루만지며
너울거리는 햇살에
스르르 정신 빼앗기니
터질 것만 같은
하이얀 속살에
살랑대는 물바람만 속이 타는 구나

비의 집

박제천

아마, 거기가 눈잣나무 숲이었지
비가, 연한 녹색의 비가 눈잣나무에 내렸어
아니, 눈잣나무가 비에게 내려도 좋다는 것 같았어
그래, 눈잣나무 몸피를 부드럽게 부드럽게 씻겨주는 것 같았어
아마, 병든 아내의 등을 밀던 내 손길도 그랬었지
힘을, 주어서도 안 되고…
그저, 가벼히 껴안는 것처럼 눈잣나무에 내리는 비
그리, 자늑자늑 젖어드는 평화
아마, 눈잣나무도 어디 아픈 거야
문득, 지금은 곁에 없는 병든 아내가
혼자, 눈잣나무 되어 비를 맞는 것으로 보였어
그만, 나도 비에 젖으며 그렇게
그냥, 가벼히 떨리는 듯한 눈잣나무에 기대어 있었어

우산

박종숙

뚫고 싶은 욕망 앞에
기꺼운 방패가 되어
하늘과 맞섰다

집게처럼 웅크린
작은 몸뚱이를
죽을 힘을 다해 사수한다

사방에서 날아드는 화살촉을
비명 한마디 없이 받아내며
속으로 속으로 멍이 든다

내 어머니가 그랬고
어머니의 어머니가 또 그랬고
나 또한 우산이 되었다.

길 모퉁이의 햇빛

박종철

산은 서 있고 강은 누워 있으니
강보다 산이 더 수고하는 것이야

불안전한 위치에서 불완전한 말씀으로
정의를 내리는 길 모퉁이의 햇빛은
사금파리 안경을 끼고 있다

얼룩진 얼굴
모기나 빈대 한 마리쯤
손톱으로 터트린 검은 핏자국 닦아내며
싯누런 혐오감에 물든 뺨으로
웃음기 흘리는

구름 일그러진 머리에
점괘를 올려놓은
오래된 복점

빈 집

박주영

저 혼자 저물고
저 혼자 동트네

혼자 밥 먹네

혼자 연속극 보네 혼자
웃네
우네

내 속의 빈 집,
빈 벽

혼자 묻네
대답하네

아, 혼자 섹스하네

저 혼자 동트네
저 혼자 저무네

해금이 돌아나간다

박주일

새는 숨어서 가버리고
하이얀 그늘만 남았다
어데로 갔을까, 가버리면 그만인가
지금 해금 소리가 떠나고 있는
저 아득한 세계로
파도는 오고, 바다는 떠나고

영혼의 세계로 지워지며
가고 있는
천상의 소리는 애절하다
저 빛깔의 울림
천만리 길 따라간다
지금 내 곁에 바다
바다는 끝없이 파도를 보내면서
해금 소리에 몸 섞으면서 간다

구렁이 우는 집

박주택

색동옷 땅에 묻고 소나무 그늘에 앉아 있는 여인
땀에 붙은 머리카락 얼굴에 얼룩져 있네
먼 곳에 전답, 더 먼 곳에 여인의 집
약 한 첩 처방전 위에 놓여 싸늘히 집을 지키고
지붕 속 구렁이 혀 끝에 닿는 물방울
그늘의 여인 우네 흰옷에 묻은 황토 곱고 고운
무늬를 새기는데 여름빛 받으며 빈 상여 산을 내려가네
아이 집 어둠에 묻힐 것이네 아이 집 홀로 눈을 뜬 채
밤 닫힌 문에 누워 엄마 밥 엄마 물
살은 썩어오는데 별은 반짝여 싸늘히 흐르는데

아파트 계단을 올라오는 아이 그렁그렁 모퉁이에 서 있는 아이
엘리베이터 속에 서 있다 잠에 오는 아이
취한 여인 사네 여름 오고 가을 오고 얼음 덮인 집
그 속에 가시고기
입을 봉싯거리며 아이 몸으로 사네

흰둥이
−800m 고지 산 중턱 어느 고찰에 그냥 흰둥이로 불리는 개 한 마
리 무료라는 뼈다귀를 물고 참구중이다

박준영

쇠줄에 묶여
앉아서 눈만 껌벅거리는 게 하는 일이다

먹고 자고 자고 먹고
짖는 일도 짖을 일도 없으니
그저 순둥이란 이름이 하나 더 있을 뿐

예불시간만 되면
법당 앞에 미리와 꼬리치고
밥 때가 되면 공양 목탁 소리보다 먼저
달려가는 것도 그가 하는 일

쥐라도 나타나면 뒤쫓기는 하지만
잡기는커녕 쥐구멍만 쳐다보는 게
어쩌다 즐기는 여가

그래도 스님처럼 나물 먹고 물만 마실 수는
없는 노릇인지

누군가 갖다 준 뼈다귀를 물고 뜯고 빠는 게
시간 남으면 유일하게 하는 참선

저 국물도 나오지 않는
마른 제 뼈다귀를.

마음 비우기 5

박지혜

네가 가지고있는 것 중에서
가장 소중한 것을 버리라고 하신다
무엇일까
수십년 애지중지 끼고살아온
독서목록표
낡은 노트를 들추어 본다

때때로 주시는 특별훈련
이번에는 몸이 아프다

이순이 지나도록 지켜온
팽팽한 자존심
당신께서 제일 싫어하시는 교만을
어떻게 버릴것인가
잘못버리면
더 잘 챙겨두는 것이된다

홀가분하게 살기로하자
수십년 올무를 벗어

쓰레기통에 버린다
내가 소중해서 나를 버리는 것이다

얼굴에 붙은 표지

박찬선

방사선 동위원소의 위험표지가 붙은 진료실 앞
심장 클리닉 5호실에서
내자는 200ml 우유 두 개를 따로 마시고
세 차례에 걸친 심장검진을 받는다
문제는 핏줄과 심장이다
담당의사의 안내문에 심장은 콩닥콩닥 잘 뛰는지
혈관에는 피가 졸졸 잘 흐르는지 알기 위해서다
기다리는 긴 복도
출입금지의 막힌 문, 눈이 머무는 곳은
붉은 단풍잎 세 개를 벌여 놓은 듯한 붉은 표지
북쪽의 감춰진 곳에도 있고
원자력 발전소 지하 저장고에도 있는 문양
마치 평화의 나래가 회전하는 프로펠러 같다
맷돌의 중심처럼 옹이가 박혔다
우주에 생긴 블랙 홀
그런데 그 표지가 붙은 방에서
가슴이 빈약한 중년여인이 들어갔다가
몸 없는 시간이 꽤 지나서야 나오는데
그 여인의 얼굴에도 같은 표지가 붙어 있었다

유월의 붉은 악마들의 얼굴에 붙은
태극기와 corea처럼

나는 나비의 이름 1

박찬일

하늘하늘 날아다니다가
하늘 바깥을 궁금해 하다가
평생을 다 보낸 자

하늘 아래 것을 다 놓친 자

물구덩이에 빠졌다
물구덩이에 하늘이 비치고 있다

나비의 원수는 날개
나비의 원수는 하늘

오래된 구두

박천서

오늘을 끌고 가는 상념을 따라
오래된 구두 뒤축에서
바람소리가 들리기 시작했다

삶의 질곡에 밤과 낮
자갈길도 휘어진 비탈길도
묵묵히 따라오는 줄 알았더니
언제부터인가 살갗이 갈라지며
답답증을 호소하기 시작했지만
칭얼거려도 무시당하는 것이
없는 놈이 팔자라며 타이르고
비오는 날 발끝을 세워도
질퍽한 양말 울음앞에
벙어리 냉가슴 앓듯 앙다물고
손가락 헤아리며 날짜를 잡았지만
쉬 지켜지지 않는 신음소리
지친영혼 선술집 찾아들어
행여 누가 볼세라 구석진 자리
감추어보는 내 안에 근심

닳아빠진 구두 뒷굽 속에 들어앉은 사내
걸을 때마다 길이 덜커덕거렸다 .

아내의 굽은 등뼈

박철석

아내의 굽은 등뼈를 볼 때마다
튼튼한 껍질을 지닌 늙은 굴참나무를
생각케 한다
황령산 비탈길에서 만난 등뼈가
휘어진 늙은 굴참나무,
대저 얼마나 많은 세월을 견뎌야만 저렇게 갑옷같이
완고한 등뼈를 만날 수 있을까
더러는 하늘로 치솟다가 옆으로 뻗은
큰 가지가 팔뚝이 가는 어린 가지에게 타이르듯
자연과 싸워 장수하는 법을 가르치고 있는,
바람이 불 때마다 "후후" 춤을 추고 있는
늙은 굴참나무,
그녀의 휘어진 등뼈를 볼 때마다
몸으로 떠받쳐 걸어온 그녀의
구부정한 길이 보인다
大地를 놓아주지 않는 튼튼한 뿌리를
지닌 악바리 굴참나무 같은.

비가 밤새 내 귀속으로 떨어진다

박춘석

내 잠이 비에 젖어 안개 같은 망상을 풀어 놓는다.
긴 겨울, 봄으로 가는 길이 이러할는지
나는 빗물이 흐르는 홈통을 따라
아침 해안 깨어있는 나를 만나러 가는 길이다.
가는 길을 묻지 않아도 빛의 안내도가 없어도
희망선은 우리를 아침해안까지 실어 나른다.
짙은 어둠만이 밤을 열 수 있다.
사람들은 숨소리 하나를 문패로 내어걸고
저마다 돌아누운 섬이 되어 흐른다.
온몸이 그림자인 밤 나는 씨앗처럼 그림자에 깃들어
하룻밤 유숙하며 비의 무수한 언어를 퍼 담는다.
뻐꾸기시계 울음소리만 강의 위치 바다까지
전방 몇 미터 전을 알려줄 뿐이다.
옆에 누운 사람은 옹알이 같은 말을 하다
배내짓 같은 미소를 피우기도 한다.
소리가 하나 둘 새어나오는 아침해안
밤새 광풍으로 휘몰아치던 비가
조간신문에 순한 짐승처럼 누워있다.
집은 태아를 낳은 어미처럼 대문을 연다.

가족들이 세상으로 난 여러 갈래의
길을 향해 걸어 나간다.

옛 주인 그리워하는 수목원*

박태홍

수목원은 옛 주인의 영혼을 기다리며
이 봄을 향기롭게 합니다

새들은 울면서 수목원 지키고
꽃들도 그리움 담고 피어나
옛 주인을 기다립니다.

지난해 겨울에는 바위 같은 파도에 부딪치고
하늘과 맞닿는 함박눈으로 덮였던 수목원
나무와 꽃이 동사할까 걱정하였는데

옛날과 다름없이 목련 피고 짙은 향기
나비와 함께 바다로 나르고 있습니다

* 충남 태안군 소원면 철리포에 고 민병갈 씨가 조성한 수목원임.

천년의 뼈

박해림

태백산 오르는 길, 주목 한 그루 뼈만 남은 몸으로 바람에 소리 울고 있다 어깨 언저리에 더께로 쌓인 눈, 칼바람 속에서도 허리 꼿꼿이 세운다 살아 천년 죽어 천년이라던 저 세월의 무게, 어떤 힘이 눈보라를 견디게 한 걸까, 적막한 능선 단단한 뼈가 되어 천년 세월 나이테를 만들고 있다

아버지 이장하던 날, 호탕하시던 웃음소리 귀에 쟁쟁하다 흰 종이 위에 뼈로 누우신 아버지, 8남매 잘 컸나 하나하나 보고 싶었던 걸까 뼈마디에 피가 돌고 살이 붙어 금방 기침하실 것만 같다 수없이 가슴과 종아리를 씻겨 주시던 그 큼직한 손, 오랜 세월 그리움 어떻게 다 견뎌내셨을까 가지런히 놓인 뼈들 저리 하얗고 단단하다

진달래 공원 달궁 소리, 눈꽃으로 매달리고 있다 태백산 주목 한 그루 비로소 편히 땅에 눕는다

기린도

박해수

판소리나 뽑아 물고
판소리나 뽑아 던지고
모가지가 길어
모가지 뽑아 기린도
격정, 사랑 모아 죽고 싶다
둥, 둥, 둥, 북소리
사랑도, 별리別離도 던진다
기린도, 먹기와빛
몸 떨치고 우는 기린새
갈매기떼도 울지 못한다
기린도, 억울, 외롬, 고통, 상처
슬픔도 기린도 모가지 깊어
기린도 마른 가슴
마른 가슴에 낙루落淚
완두콩빛 바다
완두콩빛 바다머리 갈기에
가슴 갈고리 기린도
기린도 아슬히 비낀
기린도 기린의 네 모가지

그해 첫눈 내린 밤

박향숙

잦은 사랑 싸움은
이별 예고전일까
맛 모르는 저녁 식사 후
냉전이 감도는 서늘한 방

깊어지는 적막함에
너를 떠난 아니 나를 숨긴
피안의 저곳으로 운신하고파
쿨하게 드리워진 커튼속에 들어

창밖을 지켜볼 때
가슴때리는 저 나무 위 눈
전나무에 앉은 눈은 확대된 결정체
그 차가운 아름다움에 신께 감사할 뿐

징후徵候

박현령

매일 새벽에
글을 쓰겠다는 이 생각은
환상이었나?
지금은 그런 때가 아닌가
새벽 미명에 탁상등을 켜 놓고
가족들 몰래 일어나
청탁원고를 쓰고
詩를 쓰고, 에세이를 쓰고
생각을 가다듬고
사랑을, 젊음을 생각하고
그때는 옛날이었나
젊음 때문이었나
환상적이었다고 치부해버리기엔
너무 빨리 흘러온 세월
너무 일찍 발을 딛고 온
이 세월 속에서
매일 새벽에, 이제는
산보를 하고 운동을 해야 한다
부드럽고도 유연하게

뻣뻣해지려는 몸을
가꾸는 것이 급선무다
새벽 미명에
책상머리에 앉는 것은
이미 다 지나간 세월 속의
환상일 것이다

티벳, 고도를 날다

박현솔

나뭇가지에 걸쳐진 그늘에다
검은 부리를 담그고 있는 새들을 본다
한나절을 창밖 풍경에 몰입하다가
풍경의 날에 베인 기억 속으로
날개를 퍼덕이며 날아오르는 독수리들,
고지 위를 날던 것들이
낮은 지붕 위를 선회하고 있다
오랫동안 치매를 앓고 있는 할머니,
손바닥으로 쓸어 모은 머리카락이
놋대접 위에서 뭉게구름으로 피어난다
오래 전 유목의 길을 떠난 아들이
잠시 꿈결에 나타났던 모양이다
결코 비린 것들은 먼 곳에 있지 않다
고원에서 불어오는 바람 냄새
독수리처럼, 독수리의 날갯짓으로
죽음의 냄새를 타고 온다
허물을 벗는 지상의 나날 속에서
탈피의 의식을 집도해온 독수리들
등 굽은 어미 독수리 시늉을 하며

할머니 날갯짓을 하고 있다
향불을 피워 먼 하늘의 길을 여는 동안
새들의 푸드덕거림이, 흩어진 깃털들이
진혼곡처럼 어둠의 발톱에 붙들린다

소라껍질

박후식

소라껍질이
속살을 비우고 누워 있다
바다가 하얗다

바람이 귓속을 후비며
안으로 들어왔다가 빠져나가고

또 다른 바람이
들어와
귓속말로 속삭이고 있다 귀 안에
방을 만들고 있다

좁은 방 안에는 수많은 언어가 살고 있다
태고의 배들이 입출항 하던 곳,

바다는 몸을
낮추고
저만치 물러나 있다
소라껍질이 옷을
걸치고 안으로 들어가고 있다

벽

박후자

　어느 날 꿈결 인 듯 초가집의 싸리 울타리, 성글고 둥근 문을 밀고 들어갔어요. 주인은 없고 누렁이가 밥그릇만 닥닥 핥고 있었지요. 그 집을 나와 집 짓는 구경을 하였는데 미역 끓인 물에 회가루를 넣어 반죽한 것을 엮은 수수깡 사이에 넣고 벽을 바르는 미장이 곁에 창틀을 짜는 목수도 보였어요.

　국화꽃잎 넣은 창호지 방문 안에서 어머니의 쪽진 머리 다소곳이 바느질하던 그림자 비친 것 같아 깜짝 놀라 휘돌아 보니 컴퓨터의 비밀번호 빈칸은 깜박깜박, 현대의 벽은 숫자라고, 그림자도 없는 벽속에 나를 가둡니다

첫 눈

박희선

산골 면소재지 마을에
첫 눈이 내리네
첫 눈은 면사무소 붉은 지붕위에 내리고
초등학교 빈 운동장에도 내리네
산골에서 처음 보는 흰 눈은
키 큰 지서장의 금테 모자위에도 내리고
지난 해 얼어죽은 포도나무 밭에도 내리네
늙은 그림자만 사는
산골 마을에 내리는 눈은
행복한 사람들의
가벼운 어깨 위에도 내리지만
가슴 아픈 사람들의
검은 머리 위에 더 많이 내리네
우리 면에 면장님이 계시는
면소재지 마을에 내리는 기쁜 소식
깨끗한 눈이여. 조요한 골목마다
보드라운 하느님의 말씀이 내리네

휴화산

방지원

진액을 모두 햇볕에 바래고
허탈한 자리
팔팔했던 세상을 향해
어리석은 교만을 깨닫는 순간이면
모든 일은 이미 때가 늦다
겸손한 숨 한번 천천히 내쉬지 못하고
뱃속은 부글부글하다
새하얀 연기를 조금씩 내뿜으며
전신을 불태웠던 때와
붉은 굉음을 갈망한다
이겨내야 한다 극한의 외로움을
그리움도 되풀이되면 흐릿하고
잊혀짐이란 또 얼마나 두려운 것인가
조금씩 소진되어가는 기력을
하늘 끝에 매달고
굵기 모르는 동아줄 그네를 탄다
모두가 뜻대로 되지는 않는다지만
작은 불씨들이 되살아나기를 바라는
간절함

파리한 링거 줄에 얼기설기
묵직한 희망을 건다
빅뱅을 준비하는

항아리

배경숙

단단하고 허허로운 저 공간 앞에 서면
가끔은 트일 것 같은 숨도 멎을 것 같았다
치자꽃 숨 막히게 피고 석류가지 휘어지던 우물가 장독대
간장 고추장 막장 멸치젓갈… 크고 작은 항아리들
그 속에서 할머니는 고름집으로 잡히곤 했다
할머니의 영원한 감옥이며 지존의 세력들
항아리 속에서 곰팡내를 키우고
짠내를 들이키며 서식하는 동안
할머니는 장독간 손질을 멈추지 않았다
언젠가 당신을 남모르게 부를 것 같은
청춘의 영감님을 어루만지듯
그렇게 기다리지 않았다고는 말할 수 없었다
상처나 비명을 통하지 않고서는 닿을 수 없었을까
발자국소리, 웃음소리조차 밀봉한 할머니 곁에 서면
어머니 입에선 언제나 단내가 일었다
청상의 할머니에겐 천적이던 어머니
어머니의 아픔을 내림으로 받았던 상처를
하얀 수건으로 걸어두는 밤이면
항아리를 향해 돌아앉은 어머니 생살이 타는 듯했다

우각牛角

배교윤

내가 깨어 있을 때
모든 것은 잠들어 있다
나무가지에 걸려 있는
해거름의 달과
반 쯤 열려 있는 문과
그 뒤의 상념들도

내가 잠들어 있을 때의
무쇠로 된 소[鐵牛]는 어디로 갔을까

문득
삐이걱 하는 소리에
모든 것이 깨어나고

어느덧
야반 삼경의
바람소리

붉은색 누드
−제라드 프로망제의 그림 앞에서

배인환

이 붉은 색뿐인
남녀의 꽃이
괴기한 행위의 그림으로
무엇을 말 하는가

이 춘화를
'기념비적인 작품' 이라고 한
사람은 과연 무엇을 본 것인가.

이 그림에
침을 뱉을 사람이 과연 누구인가
너도 그렇지 않은가.
바로 그 힘에 의해서
존재하는 것이 인간이 아닌가.

네 가지 힘 이외의
이 힘이
가장 강한 힘이 아닌가.

영원에 반역하는
순간을 반역하는 처절함이다.

「붉은색 누드」앞에 서면
한꺼번에 별빛이 쏟아져
현기증이 난다.

과일농장에서 온 편지

배한봉

그 겨울 내내 나는
불과 불꽃의 검은 연기에 갇혀 살았다
가뭄은 발톱 쇠스랑으로
마른 풀덤불을 긁어 불을 지폈고
앙칼진 겨울의 문지기 바람은
굶주린 붉은 이리 떼를 몰고 산정으로 치달았다
과일농장은 잿더미가 되었고
산비둘기는 집을 잃었다
조서에 나는 나의 죄를 인정하고 날인했다
대낮에도 시커멓게 그을린 나무 유령이 떠다니고
정신을 압박하던 악마가 드디어는
내 육체를 물어뜯기 시작했다, 지지 않기 위해
쿨럭거리는 침묵, 밀폐된
문 안에서 여전히 불꽃과 검은 연기가 치솟았다
나는 호흡이 가빴고, 몸이 무거웠으며
벽에 머리를 박고 쓰러졌다
의식의 입에 한 줌씩 재를 집어넣는 구름, 검은 구름들!
농막 지붕 위에서 새끼 밴 들고양이가 격렬하게 울었다
긴 가뭄을 뚫는 빗소리

대지는 초록 산통에 몸을 틀었고
지렁이가 보낸 엽서를 배달 온 우체부가
문을 두드렸다 봄은 참 고단한 삶을 사는 것이다

단단한 새

배홍배

플라타너스 나무에 노란 새가 앉아있습니다
새가 움켜쥐고 있는 허공이
내가 당신을 만날 때 언제 들이닥칠지도 모르는
허전함을 달래주던 나뭇잎의 넓은 마음이
차지하고 있던 자리는 아닐까
지금 내 등을 두드려주는 봄볕도
저 허공을 지나온 것은 아닐까 하는
생각에 이르면 새의 발 크기가 궁금해집니다
새가 울 때마다 노란 새싹들이 피어납니다
플라타너스는 얼마나 많은 나뭇잎을 피웠으면
작은 새가 저토록 단단한 목청을 갖게 되었을까요
플라타너스의 넓은 마음 씀씀이도 새의 단단한
울음에서 비롯되었으리니 플라타너스는
제 잎 넓은 삶을 언제
저 작은 새에게 돌려주어야 하는 것일까요
새가 날아갑니다
마른 열매 하나가 탁구공만한 정적을 내게 선물하는군요

진주

백우선

화살이 날아와 박혔다
칼날의 촉이 날아와 박혀
빼낼 방도란 없으니
앓아내는 수밖에 없다
칼날이 속살을 후빌 때마다
신음을 토한다
신음마다 눈물을 쏟으며
칼날에 눈물막을 두른다
일생 내내 수천 번을
신음의 눈물막을 두른다
눈물에 실려 내 일생을 관통한
화살은 다시 날아간다
칼날의 촉은 다시 날아가
과녁의 중심에 꽂힌다
네 살진 목가슴에
구슬로 맺힌다

참새論

범대순

아침에 해를 보고 나도 내가 있다 있다 하고 우길 때
뜰에 참새는 해를 만나도 아니다 아니다 하고 우겼다.

하루 내 생각하고 석양에 그래 아니다 하고 그를 따른다.
그러나 새는 아니다 그도 아니다 라고 또 발성이 다르다.

새여 날개여 꿈이여 푸른 하늘로 해가 아니면 무엇이냐
종일을 뜰 안 너에게 갇힌 삶 나의 이 저주를 풀어다오.

붉은 눈으로 밤을 새고 아침에 다시 또 듣는 아니다
그 아니다 속에 속에 '속俗은 하늘이다.' 가 있었다.

천둥벌거숭이

−고추잠자리

변근석

말간 눈빛 들여다보네
눈부신 하늘 끝
가벼이
훨훨
날으려네
날아가려네

비바람 일고
천둥 울어도
나는
꿈쩍 않으리

어느가지나 내려앉아
가쁜 숨 고르며
두눈 불거지도록
가슴 태우네
온몸 발갛게
타오르도록
홀로 높이 날으려네

春三月에 내리는 눈 3

변승기

개마공원 준령을 지날 때
그의 기개는 대단했다
온 천하를 마구 삼킬 듯
펄펄 힘이 넘쳐 있었다
고개를 막 넘어서자
아뿔사 세월 이기는 장사 없다더니
이번 마실은 뭔가 찜찜
고락을 같이 했던 동장군도 보이지 않네
회원동 똥바람도 흔적이 없네
착각은 자유라더니
갑자기 정신마저 혼미해져
코빼기를 땅에 처박고 싶었다
그럴 때 어디선가 들려오는 귀익은 노래 한 곡
음음 "눈이내리네"가 아닌가
이맘 때면 노래방에서 즐겨부르던
서인숙 시인의 18번곡이기도 하지
이참에 그 분의 장서에서 훈훈히 빛나고 있을
이조백자 한점마저 다시 기억해두자
진한 원두커피를 한 잔 마셨다

힘내, 기죽지말고 다시 하강이다
매년 지켜온 풀뿌리와의 약속
그 편안, 순백, 묵주기도의 한 구절이
꽃이 되고 나무가 되어
우리 곁에서 솟구치고 있음을
잊어서는 안돼 안 되고 말고.

젖

상희구

주스나 콜라처럼
마시는 것이 아니다
젖은 먹는 것이다
이 오래고도 유정한 食糧
언젠가 "아프리카의 참상"이란 보도사진전에서
정강이뼈가 유독이 앙상했던 퀭한 눈의 덩치 큰 한 사내아기가,
살갗이랄까 껍질이랄까 ―아무튼 모든 살점이 육탈해버려서― 머리
위로 올라붙은 그야말로 피골상접한 엄마의 젖을 빨고 있었다.
아기는 엄마의 바닥을 빨고 있었고, 엄마는 자기 육신의 맨 마지
막을 아기에게 내어 물리고 있었다.
참혹한 것 넘어서는
이 崇嚴함
원래 종교가 생기기 훨씬 이전부터
젖은 우리의 하나님이었다.

담배 연가

서범석

사랑이 한 몸 되는 비목比目의 일이라면, 그게
사람의 일이라 더러는 토라져 이별을 꿈꾸지만
정은 새록새록 깊어지는 얄궂은 일
맵고 아린 삼십 년, 우리 강은 바다가 되었지

밤낮 허기진 허망한 키스로
입이 부어오르는 통증도 행복으로 삼키는,
목구멍은 너의 쓰디쓴 타액에 때마다 찔려
붉은 꽃멍울을 누누이 터트렸다
불같은 입김이 꽃뱀처럼 스며들어 내장을 포위했고
악전고투, 종전을 밥 먹듯 다짐하지만
전부이고 하나인 몸을 던진 사랑싸움

뗐다 붙였다 이 몸은 변덕이 심했지만,
언제나 부르면 달려올 거리를 너는 지켰다
태워도 멸하지 않는 지겨운 사랑이라면
방향도 깊이도 없는 버릇된 욕망을 함께 묶어
오늘도 하얗게 태우리라, 이 운명에 불붙인다
독이든 약이든 한 개비의 재가 되어라

간병일기3

서복희

10시간 수술 받은 후두암 환자
33일 회복기 지나 퇴원 이틀 앞둔 오후2시
멈추지 않고 토해대는 붉은 선혈
깡마른 온몸 새빨간 피로 물들고
8205 입원실 바닥 피바다가 되었다

40분 후에야 왼쪽 목 동맥 끊김 발견
O형 피 4봉지와 의료진 긴급 수고로
목숨 다시 건졌고
넋 빠진 보호자 하늘과 땅 빙빙 돌아
혼돈 속에 혼자 떨고 있었다

중환자실에서 담당의사 말, 말,
"교통사고는 왜 납니까!
뒤로 자빠져도 코가 깨진다잖아요
몰라요, 몰라요, 아무도 이런 일 몰라요"
모르새鳥의사였다

환자를 가족같이 모시겠다는
벽보가 나를 더 슬피 울렸고
인성과 도덕성 풋내 나는 한 여의사의 혀 놀림
힘든 용서, 내 삶의 성찰과 함께
십자가 아래서 눈물로 구하여
미소 짓는 성모상 앞에서 나도 미소 지었다.

돌체 아고니아*

서승석

비 개인 오월 아침
보리밭에서 올라오는 흙냄새
그 눈부신 환희 같은 그대여

그대를 향한 그리움은
불가능을 향한 사랑일 뿐

초록빛 뱀에 물려
내 스스로 만든 환상의 뱀에 물려
내 그대를 사랑하노니

소멸과 불멸을 가르고 지나가는
반딧불 같은 내 사랑아

오! 돌체 아고니아

* 돌체 아고니아(Dolce Agonia 이태리어): 감미로운 단말마의 고통

무서운 빨간 토마토

서안나

토마토가 익었어요. 빨갛게 익었어요. 익은 것들은 달콤해요. 꽃잎과 푸른 잎사귀와 뿌리들이 붉은 색 하나를 향해 달려왔나 봐요. 화합이란 이름으로 토마토가 붉게 익었어요. 익은 것들의 살결은 너무 부드러워요. 뼈가 없어요. 뼈까지 다 삼켜버렸나 봐요. 푸르고 노랗고 불길하던 갈등과 떨림이 붉은 색 하나에 다 녹아버렸어요. 익은 것들은 무서워요. 빨간 토마토는 무서워요. 내 흰 옷에 떨어진 토마토 즙 한 방울. 여러 번 빨아도 잘 지워지지 않아요. 붉은 색 안에 너무 많은 상처가 살고 있어요.

봄 날

서영수

창을 여니
하늘이 돌을 던지네.

온통 정수리에 맞아
피투성이가 된
꽃.

그 돌무더기를 덮는
봄비 소리.
똑똑 입을 열고

겨우내 잠 재운
울분.
희껏 비껏
온 들판 휘저어
터뜨리네.

와당극

서인숙

아주 오래된 사람들이
버리고 간 파편들이 옹기종기 모여
한 마을을 이루고 있다. 그들은 갖가지
문양으로 열광적인 원무를 휘날려 고구려,
신라, 백제를 노래부른다

흙의 부신 색으로
저 먼 옛날 이야기를 주섬주섬 모아
섬을 만들어 누구에겐가 바칠 듯
견견하여라
그들은 무엇인가를 이뤄낼 듯
깨어진 이빨을 칼날같이 세우고
고인 핏물을 땅밑으로 흘리고
드디어 거대한 새로운 도시를
만들었다
미래를 향한 고대.

달빛

서정란

달빛 푸른 밤엔 피가 뜨거워
불륜을 꿈꾸는 나를
그가 베어 먹고 있다

그의 칼날은 날 푸른 은장도와 같아
피 한 방울 흘리지 않고
베어 먹고 있다

금방 회쳐놓은 생선처럼
눈만 멀뚱, 멀뚱
소리 한번 지르지 못한 채
펄떡거리는 내 가슴 속 심장까지
베어 먹히고 있다

이런 밤이면
피가 비려, 피가 비려
내 전생에서 후생까지 이르는
업보를 더듬어보는
먼 여행을 한다

아버지의 모자

서정윤

시베리아에서 불어온 6월의 바람
절망하며 맞았던 아버지의 모자가
이제 바랜 사진 속에서 내려다보며
경로당 장기판 위에서
청홍전을 펼치고 있다.

그 여름 끊임없는 후퇴.
학도병들의 비명소리 흩어진 포항,
안강 들판에서
툰드라 바람에 맞서
작은 땅 한 뼘을 지켜내었다.

푸른 벌판 포탄 속을 뛰어다니던
두려움은 모자 속에 숨어 내다보고
기백과 기상만 장기판을 달리며
"장군아"로 살아나고……, 신이 나서.
장기를 이긴 오늘,
점심을 그저 먹었다며 의기양양한
그 어깨에 개머리판을 대고……

흩어진 젊은 꿈들 나누어 들고
장기판이 끝나면
전우들 눈빛 허무해져 돌아온다.
22평 아파트 비스듬한 햇살에
그 붉은 빛에 젖은 모자,
아버지의 눈빛을 흔들고 있다.
사진 속에서……

혼불 1

서청춘

오, 불아
누가
훅 불어버린 불아
눈감고 눈 준
명목瞑目도 버려놓고
겁도 없이 겁도 없이
일확천금 허공만을 훔쳐서
떠돌이로 달아나는
너, 마지막 처음인
불아

지리산 비박

서주석

해발 1700고지 세석산장
무성한 조릿대 사이
잠에서 깨어나 눈을 뜨니
어둠 속이다
쟈크로 굳게 채워진 어둠
어둠을 몰아내려고 쟈크를 여니
침낭 속으로 어둠이 쏟아져 들어와
밤 새 뒤척인 내 등을 감싸 안는다
어둠의 자궁이 열린다
어둠의 자궁 깊은 둥지 속에서
별들이 마구 쏟아져 나온다
어둠이 산란해 놓은 별들의 심장
고물거리는 어둠의 손짓들 눈부셔
눈을 감고도 눈이 부신 밤
침낭의 쟈크를 닫아도 여전히 뜨거운
나의 왼쪽 가슴에 어둠의 딸들,
하얀 별 꽃들 흐드러지게 피어

어둠을 깔고 누운 세상이 온통 환하다

신 귀거래사新 歸去來辭

서지월

꽃은 피어서 무색하지 않고
바람은 불어서 가면을 드러내지 않는다

오다가다 만난 사람 옷자락 끝에도
풋풋한 인정은 피어나고
새소리에 귀 열리나니

오, 하늘 아래 해와 달 별들이
늘 곁에서 무병장수 빌어주나니

숲이 우리들 식탁인 것을
흙이 우리들 양식인 것을

구름 떠 오면
늘 그대로인 청산이
반가운 손님 맞이하듯

훈훈한 돌의 향기와
흐르는 물소리의 여운이

피 맑게 해 주나니

벗이어, 한 바가지의 물
버들잎 띄워 천천히 들이키듯
우리 목 축이며 살아가세

미안

설동원

시원한 바람이 되어 답답한 심정을 헤아려 주지 못하고 마음으로만

은빛 날개의 나비가 되어 기쁨을 전해주지 못하고 마음으로만

어둔 세상길에 환한 가로등 되어주지 못하고 마음으로만

나만의 고독에 딱정벌레가 되어 엎어지고 잦혀지고 마음으로만

아픔의 뿔을 잘라주고 고통의 발톱을 깎아주지 못하고 마음으로만

꽃샘바람 앞에 서서

설의웅

북방 한계선 가까이

버스는
동해바다의 수평선 그으며
다가오고 있다.

원산을 출발한 급행열차 기적에
눈이 뜨이던
새벽

함경남도 이원과 서울길이 트여
나들이하듯
고향에 간다면

진달래꽃 꺾어 쥐고
해질녘에 잠깐

경이란 소녀가 처음 부끄러워하던
버찌나무

숲에나 거쳐오고 싶은 충동

북방 한계선 가까이

버스는
동해바다의 수평선 그으며
떠나가고 있다.

i

설태수

높다란 가지 끝에
새가 앉아있다.
문득, 발밑을 보니
나도 외기둥 끝 그 꼭대기에
있는 듯하다.
허나, 발밑을
유심히 보지는 말자.
가끔 외로울 때
나를 받치고 있는 기둥이
흔들리고 있음을 느껴도
발밑을 골똘히 보지는 말자.
까마득한 깊이의 기둥.
나와 운명을 함께 할지도 모를
이 기둥은
아무리 거센 世波에도
끄떡 않으리니.
바람 불어도 지금
꽃잎을 놓아주지 않는
저 나무줄기처럼,

나를 붙들고 있으리니.
심연 같은
이 기둥은,

돌
−鄭大九 시인을 위하여

성찬경

올해로 나의 詩歷이 50년이라 하여
정대구 시인이 보내온 돌.
까만 돌. 무게 1.8 kg. 높이 21 cm. 너비 16 cm.
수리 부리 모양한 3각 멧부리가 구름 위에 솟는다.

폭포 줄기 3만척. 깨알만한 관폭觀瀑꾼이 여기저기 흩어져 있다.
무궁세 우람한 물소리가 지심을 뚫는다.
저런 지세는 지구상에는 없다.
화성인가. 우주 어느 먼 고을의 풍광인가.

시인의 마음을 헤아려본다.
날더러 저런 詩의 봉우리 바라보며
하루하루 지내라는 뜻이겠지.

그보다도 저 돌에는 내게 오기 전
옛 주인의 품격이 서린다.
그러기에 저리도 은은한 운치가 감도는 것이겠지.

지갑 속에 있는 여자

성흥영

지갑 속에서 여자가 걸어 나와
내 손을 움켜쥐고 지갑 속으로 들어간다
주민등록증,
자동차 운전면허증,
회원명단 몇 장,
꼭 만나야할 사람의 명함 몇 장 밖에 없으세요
지갑 속에 있는 여자가 다시 나와
될 수만 있다면 부자되세요, 나를 꽃피워주세요
애욕의 불꽃이 되어 나를 태워주세요
분노의 그물이 되어 나를 잡아주세요
나를 그냥 지나치지 않으면
그렇게 까다로운 것은 아니에요
한 송이 장미꽃 향기를 지갑 속에 넣어주세요
당신의 땀내음을 지갑 속에 발라주세요
그러면 온몸이 꽃으로 피어난 나를 볼 수 있어요

천방지축 쑥대머리
–명창 임방울 선생

손광은

애련하고 처절한 애원성 계면조 창법을
높은 예술적 차원 위에 올려놓은 님이여.
아구성, 철성, 청구성으로 다시 올려 곰삭은 맛을 풍긴 수리성까지
천방지축 쑥대머리 펼쳐내는 신명의 목소리
강물소리……도도한 신명의 강물 속에 내가 떠내려 가다 보면,
소리를 치켜 올렸다 끌어 내렸다 꺾었다 궁글렸다
다시 목을 떨었다 신명의 소리 흐름 타고가던
그늘 짙은 시김새도 잘한 님이시여

쑥대머리 가락의 절실한 고비마다 시김새 펼쳐 내는
슬프고 익살스런 고비마다, 마음과 마음이 부딪칠 때
추임새도 절로 나는구나.
빛과 결이 다른 목소리 바디 어디서 오는가
천성으로 흥청거린 죽흥성은 만남의 자리에서
슬픔입니다.
여울지는 목청의 울림 한없이 한이 흐르고
눈물 섞인 슬픔입니다.
짙은 남도 사투리 참된 삶을 익살로 어렴풋한
마음 달래게 「쑥대머리 귀신 형용 적막 옥방의 찬자리에」가슴에

가슴에 사무칩니다.

고무 풍선

손경하

내 어릴 때
파아란 하늘 높이
놓친 풍선처럼
가물가물
사라진
꿈과
부
모
형
제……
아,
이제 나도
저 멀리 허공 속을
하늘하늘
떠 흘러가는
한
점
잊혀져가는
고무 풍선……

구름바다가
이승을 가리네.

法雨

손제섭

먹물 장삼 입은 머리 나온 저 스님
어찌 날 이리 닮았을꼬

토막나 듯 꼬리 무는 저 염불소리
허기진 내 마음을 조롱하고

한치씩 떨어져 내리는 저 목탁소리
어긋난 내 뼈를 맞추는구나

울음 삼킨 저 범종소리
금불초 꽃잎을 떨리게 하더니

구만리장천 한조각 저 구름
千佛이 되어 일어나누나

목화꽃 위에 지던 꽃

손한옥

그, 처연한 꽃이
흔적없이 사라졌을 때
나는 그의 하얀 옷섶에 경배를 올렸다

내밀한 통로를 통하여
느닷없이 출현하여 섬짓하던 빛
은밀한 출구로 느리고 서서히
주춤거리던 빛
아주 가버린 뒤,
화려했던 치마를 갈아 입는다
진달래꽃 피던 봄
여자라고 말했던
벚꽃처럼 부풀어
어머니라고 말했던

꽃이 피었던 곳을 지나는 길
문이 닫혀도
그 뜰이 사라진 건 아니다
여과된 몸
비로소 희다

너에게 묻다

손현숙

촉감을 잃어버린다는 것은 어떤 것일까?

내가 매일 오르내리는 도선사 길
그 여리디 여린 풍경들과 비탈에서 만나게 되는
바람소리, 물결소리, 그리고 가끔씩
나를 만지는 눈과 비, 그리고 천둥,
내 손 떨리게 하는 너의 살결,
그 살에서 느껴지는 나만의 고요,
그런 것들 어느날 갑자기 몽땅 잃어버린다는 것은 어떤 것일까?

아닌 밤중 잠에서 쫓겨나 머리가 백지처럼 하얗게 부풀어 오를 때
내가 할 수 있는 것이라곤
연보랏빛의 망또를 걸치고 건너오는 새벽을 맞는 일 뿐

먼지처럼 외로워서 아무 것도 만져지지 않는 밤
질량을 알 수 없는 기억들이 내 몸을 만질 때
나는 너의 무엇을 기억할까

절망과 유혹과 비애의 육질이 그대로 씹히는 그 생생함은 너의
어느 부위에서 터져 나오는 신음들일까? 어떨 때는 차라리 무섭게
다가오기까지 하는 감각과 상처, 그 날것의 촉수들은 어디까지 뻗
어 무엇을 만지고 싶어 하는 것일까? 우연히 들른 이번 생을 샅샅
이 뒤져서 희롱하고 유희하며 조용히 킬킬거리다, 저항 없이 받아
썼던 그 많은 불륜들은 지금 내 어디쯤에 정박해서 살고 있을까,
너는 나 죽을 때까지 기둥서방처럼 내 곁에 붙어살아 주는 것일까?

그러하니 촉감이여, 너는 절대로 해탈을 꿈꾸지 말기를

별똥별

송반달

풀어라 풀어라 나를 풀어라

별을 망보고 있었다. 그 나를 방안으로 들이민 채 짱짱한 어둠으로 손발을 묶고 초침으로 뇌를 뒤져 잠을 말짱 훑어가버리는 벽시계 소리, 어둠을 썰었다. 싹.뚝.싹.뚝.싹.뚝.싹.뚝……
이제 이승이란 도마 위에서 파닥거리는 나, 한 토막 한 토막 별빛 한 토막, 한 토막 한 토막 들길 한 토막, 동강이마다 각각이란 아픔을 켜고 열차가 도마뱀처럼 흘러가는데 [너]-[없어도]-[괜.찮.다.괜.찮.다.괜.찮다.] 돌아가는 세상의 바퀴소리도 윤회의 철로 위로 흘러갔다. 곁 따라, 각각이란 환한 아픔으로 손발을 풀고 영원한 여로 한 량輛으로

흘러가는 나.나.나.나.나.나.나.나……

딸에게

송세헌

東과 西에서
네가 잘 때
우리가 너의 꿈을 꾸고
우리가 잘 때
네가 우리의 꿈을 꾼다면
이보다 좋을 것이 없으리라 여겼다.

밤이 서로 달라
시소(see-saw) 타듯
서로 자는 얼굴을 들여다 보는 것이
진정 제대로 보는 것이었지만
꼬리에 꼬리를 무는 걱정은
비상등처럼 피로한 것이었다.

가족의 눈망울들은
한 울타리 안에서 반짝여야 한다는 네 말처럼
너와 우리가
같이 잠자다 깨어나는 것이
더 깊은 꿈을 꿀 수 있다는 것을
수백 밤 깨어난 다음에 알았다.

혼자 먹는 밥

송수권

혼자 먹는 밥은 쓸쓸하다

숟가락 하나
숫젓가락 둘
그 불빛 속
딸그락거리는 소리

그릇 씻어 엎다 보니
무덤과 밥그릇이 닮아 있다
우리 生에서 몇 번이나 이 빈 그릇
엎었다
되집을 수 있을까

창문으로 얼비쳐 드는 저 그믐달
방금 깨진 접시 하나.

다래가 지붕을 만들어 갈 때

송영희

두 달 가뭄에
개울물 많이 줄었다
개울 옆길까지 휘어진 소나무 등줄을 타고
다래넝쿨 한 잎 한 잎 푸른 천정 만들어 가고 있다
뙤약볕 아래 어찌 저리 새파란 이파리
수도 없이 피어 날 수 있는지
작은 잎들이 개울의 시원한 그늘막이 되었다

한 시절 내게도 가뭄이 들었었다
사막이 되어 마음 쩍쩍 갈라져 갈 때
물 한 모금의 위로와
사랑의 그늘이 없어
차라리 생이 멈추기를 바랬었다
내 안의 잎을 앞으로 앞으로
내디딜 줄 몰랐었다

온몸으로 제 마음을 토하는 푸르른 다래 잎

목마름의 간구가 저렇게

자신의 기둥이 되어줄줄, 그때는
몰랐었다.

사모아 섬

송예경

라바라바*를 두른 원주민들이
사방에 널려있는 숲으로 들어간다.

멀리 수평선에 가물대던 원양어선이
탄력의 바다에 더욱 힘주고
그들은 눈물이 마르기도 전에
새로운 씨를 다시 심는 화산 흙밭.

텐 달러 비치** 해변에는 물 묻은 남녀가 모래밭에 미끄러지고
투 달러 비치 해변엔 먼저 해가 졌다.

열기가 끓어오르는 한낮이 되면
Rainmaker산에 걸린 구름이
겨워 소나기로 쏟아진다.

아이들의 눈마다 이국의 머리카락이 살랑대고
그들의 가슴에 내린 가녀린 뿌리가 자라서 바닷가에 닿아 있었
다.

드럼통처럼 생긴 추장이 들어가는 작은 문이
덜커덩거리며 하늘이 흔들린다.

* 라바라바: 허리에 두르는 사모아인의 옷

** 투 달러 비치, 텐 달러 비치: 해변의 이름

바람 소리

송용구

앞 못보는 자의 눈이 되고
앉은뱅이의 다리가 되는
그런 삶을 살아가지 못할 바에야
너의 눈과 너의 다리는
산 송장이나 다름 없다고
나의 세 치 혀끝에
전사戰士처럼 칼을 들이대던
스무 살 적 바람 소리여
백일몽을 가위 누르던
서슬 퍼런 바람 소리여
나를 잊으라
나를 용서하라
온 하루 빈 들녘에 퍼붓던
겨울비 잠잠해지면
나는 쓸쓸히 저무는 강가에 꿇어앉아
이미 지워져버린 사랑의 언약 같은
마른 억새잎으로 입술을 내리치며
눈시울 붉은 달빛 속에
저주 받은 승냥이의 울음을
꺼이꺼이 게워내고 있느니

浮

송정란

정도리* 밤 바닷가 저 멀리
부표들만 검은 머리를 내밀고 있다
건들거리는 영혼들이
끊임없이 제 머리를 흔들고 있다
떠나지 못하는 것들이,
더 깊고 무거운 어둠 속
닻에
발목 잡힌 것들이,
캄캄하게 지워진 수평선 너머까지
달아날 듯 출렁거리다
주저앉고 마는
플라스틱처럼 질기고 느물거리는
저 한심한 영혼의 머리통들

꿈쩍도 않는 자갈돌 하나를 집어
어둠의 정수리를 향해 힘껏 날린다
워—워—
떠나거라 달아나거라
달아나 다시는 이곳으로 오지 말아라

네 영혼의 발목이 잡혀 있던 곳
지루한 반복의 물결이 끊임없이 밀려오는 곳
망망한 삶의 한 지점을 버리고
가볍게 가볍게 어디로든 떠나버려라

* 정도리: 완도 서쪽 바닷가의 한 지명. 갯돌 해변으로 유명함.

KTX

송종규

이 고즈넉한 공기, 이 서늘한 방, 번갈아 기웃거리는 바람과 달빛,

종일 당신을 기다렸습니다 아마 발바닥에서 싹이 트도록 당신을
기다리겠죠 꿈인 듯 불쑥, 당신 다녀가시고, 나는 못물처럼 울렁거
립니다 깊은 당신
누군가 이렇게 말하겠지요 기다림이란 얼마나 눈부신 호사냐 구
요, 쏜살같이 관통해 지나가는 당신의 사랑 법은 또 얼마나 근사
하냐 구요, 짧은 만남 뒤의 쓰디쓴 기다림
아시겠어요
얼마나 많은 꽃씨가 발그레 내 뜰에서 싹 텄는지
얼마나 많은 우듬지가 상처 위에 피어났는지

너무 깊은 봄꽃 향기, 너무 적막한 황혼, 오래 당도하지 않은 먼
바다,

사무사思無邪

송태옥

도덕 시간이었다
비둘기가 교실에 들어왔다
있음은 없음에서 나서(有生於無)*
나도 너도 없는 듯 있고 있는 듯 없다며
노자 도덕경을 강의하는데
노상 창가에서 수업을 엿듣던 비둘기가
수업에 취해 교실로 들어와 버리고 말았다
아차! 정신을 차린 비둘기는 나갈 곳을 찾았다
비둘기도 학생일 수 있고
학생도 비둘기일 수 있는 것 이라고
비둘기에게 책상 하나를 마련해 주었지만
비둘기는 나오니 삶이요 들어가니 죽음(出生入死)*이라고
나갈 곳만 찾았다
학생들보다 노자를 먼저 깨달은 비둘기는
말 않고 가르치겠다(行不言之敎)*며
말없이 교실을 떠났다
빈 책상자리가 있는 듯 없는 듯 휑했다.

* 有生於無, 出生入死, 行不言之敎: 노자 『도덕경』에서 인용

福券

송희철

한껏 부풀었다가
폭삭 꺼져 내리는
아으! 허방치는 기분이라니
하늘 한번 쳐다보고 허허 웃는다,

어떤 나라가
어떤 종교가
단돈 천 원 받고
수억 원의 꿈을 팔던가,

그러나
저 가두의 구멍가게
당집 같은 그곳에서는
아무에게나 그걸 판다,

눈치 볼 것 없다
외롭고 고단한 날
복권 한 장 사 쥐거라
신앙보다 더 큰 위안이 거기 있을 것이니.

특급열차를 타고 가다가

신경림

이렇게 서둘러 달려갈 일이 무언가
환한 봄 햇살 꽃그늘 속의 설렘도 보지 못하고
날아가듯 달려가 내가 할 일이 무언가
예순에 더 몇해를 보아온 같은 풍경과 말들
종착역에서도 그것들이 기다리겠지

들판이 내려다보이는 산역에서 차를 버리자
그리고 걷자 발이 부르틀 때까지
복사꽃숲 나오면 들어가 낮잠도 자고
소매 잡는 이 있으면 하룻밤쯤 술로 지새면서

이르지 못한들 어떠랴 이르고자 한 곳에
풀씨들 날아가다 떨어져 몸을 묻은
산은 파랗고 강물은 저리 반짝이는데

담쟁이넝쿨

신기섭

아득한 직립直立의 벽에
자일을 건다.

탯줄 하나로 꿈틀꿈틀
잎, 줄기 앞서거니 뒤서거니 다투는 사이

강파른 길목마다 잔 호흡 고르며
앙증맞은 손바닥 한껏 펼쳐
스파이더맨같이 성큼성큼
용케 하늘 길 열었구나.

짙은 그늘 숨어든 바람결만으로
참 고르게도 키워놓은
수천수만 가오리연鳶,
지상의 평화, 안식 깃든 뭉게구름으로
더덩실 피워 올렸어라.

햇살 무르익은 지붕 위에까지
저렇듯 눈부신 속살거림,

빛과 그림자 사이
영원永遠의 시간 오가듯
하늘하늘 하늘대고 있누나.

소

신달자

사나운 소 한 마리 몰고
여기까지 왔다
소몰이 끈이 너덜너덜 닳았다
미쳐 날뛰는 더러운 성질
골짝마다 난장쳤다
손목 휘어지도록 잡아 끌고 왔다
뿔이 허공을 치받을 때마다
몸 성한 곳 없다
뼈가 패였다
마음의 뿌리가 잘린채 다 드러났다.
징그럽게 뒤틀리고 꼬였다
생을 패대기쳤다
세월이 소의 귀싸대기를 한 사흘 때려 부렸나
늙은 악마 뿔 삭아내리고
쭈그러진 살 늘어뜨린채 주저앉았다 넝마 같다
핏발가신 눈 꿈벅이며 이제사 졸리는가
쉿!
잠들라 운명.

튀김용 개구리

신미균

하마터면
뜰채에서
떨어질 뻔 했네
휴-
간신히 턱걸이했어
옆에 간당간당하는
비실비실한 놈을
발로 차서
떨어뜨리고 나니
속이 다 후련해

야호
드디어
나도 뽑혔다

내 몸 살아있는

신수현

좋은 것 다 붙들어 놓을 수는 없지
소나무 산사나무 칡덩굴 코끝으로 달려드는 냄새
모래와 이파리와 물웅덩이의 오솔길 발바닥에 닿는 느낌
초롱꽃 달맞이꽃 참나리 숲길을 틔우는 빛깔
너 하나뿐이라는 뜨거운 목소리
날아오른 절정의 하늘
어느 틈에 흘러가지
굽이치며 솟구치며

지리멸렬 지리멸렬 하루가 가라앉을 때
살짝살짝 고개 내미는 그것들

처음이자 끝인
살아있는
내 몸

弔 詞
-故 최재락 선생을 위하여-

신승근

세상의 한 켠이
밝아 온다.
당신이 켜놓은
별빛이다.

붓 꽃

신중신

산속 습지를 지나고 있을 때
순간, 만상이 숨을 멈춘 양했다.
거기서 보았다. 꼿꼿한 잎 사이로
꽃대를 치켜세운 몇 송이 붓꽃!
나는 신의 목소리를 들은 성싶었다.
이 산속이 어디란 말인가?
밤이면 야행성 육식동물이 송곳니를 드러내고
해마다 수많은 나뭇잎들이 포개져선 썩어갔으리라.
모면할 길 없는 수렁과 몸부림의 긴 사연,
죽음과 소생이 켜켜이 쌓여 있어
어디서건 두런거리는 소리가 들릴 법한데
이 고요는 또 어디에서 우러나는 걸까?
그 속내를 헤아릴 길 없다. 다만 없는 소리를 지금 듣고 있느니.
가장 깊은 속裏이 실은 겉에 다름 아니고
저토록 선연한 꽃잎으로 피워낸 것도
그동안 이루지 못해 흘린 진땀의 결과일는지 몰라.
이 산하는 나를 이런 섭리와 함께 하게 했고
살고 사랑한 끝의 내 서늘한 곳간에 지금
자줏빛 붓꽃 송이로 채우려는 걸

내 이제 불현듯 깨닫느니,
지나가는 등 뒤로 신의 목소리를 들은 듯도 싶다.

朝鮮光文會

신창호

東西古今 人之常情 누구나 무언가에 홀리고 미치지 않고서야 살
아남기 어려운 세상
혹자는 감투쓰기 아니면 떼돈 벌기 더러는 애국애족 渾然一體 和
平統一 부르짓거늘
高官大爵 겨레대표 법조 군벌 재벌 亂世之英雄 없고 百家爭鳴 亂
臣賊子 로비 부로커 난무하는 세태

오락가락 가랑비 억수장마 장대비 천지신명 무심천만
거룩하신 스님 목사 신부 도사님 염불 기도 무아경, 독립만세 앞
장서신 선열들 고혼 앞에 무어라 辨白하리

글발 쎈 문인 시인 언론인 평론가 석학박사 지성인, 붓대만
깔짝깔짝 말로만 한 몫 두 몫
독립선언문 버금가는 檄文이라도 나올만한데 모두들 어드메 꼭
꼭 숨어서 누구 눈치 보고 있나

쌀 퍼주고 돈 보낸 햇볕은 간데 없고 賊反荷杖 類萬不同
총탄 포탄 미사일 쏘아대는 철부지 天涯孤立 自業自得, 애꿎은
남한 겨냥포진

금강산 눈 가리고 개성출입 발 묶어 오도가도 못하는 꼴
이거 모두 홀리고 미치지 않고서야 감당하기 힘든 연기와 기술

조선독립만세 유서 깊은 朝鮮光文會, 그 자리 그 건물 복원 복구
한다더니 不知何歲月
이런 저런 恨嘆息 두서없이 괴발개발 自重自愛 하렷다.

신생新生

신현정

마누라 하고 그거 하다가 아예 나 들어가고 싶어라

자궁 속에

우리 마누라 나 술 먹는 거 때문에 고생하는 우리 마누라

이 세상에 엄마 하나 더 삼고 싶어라

양수에 싸여 있고 싶어라

눈 없고 입 없고 그냥 커다란 무개골로 있으면서

양수 먹으면서

딸꾹질 하면서

발가락 꼼지락거리면서

한 열 달 웅크리고 있다가

그만 으앙 하고 울음을 터뜨리며

내 발로 걸어나오고 싶어라.

어느 항구에서

심의표

애태워 기다리던 여객선
출항 금지 명령 내려진 항구에서

출렁이는 바다의 깊이만큼
더해가는 외롭고 쓸쓸함

묶인 발목 마음도 함께 엮어
뗏목으로 띄워 보고 싶지만
떠날 수 없고

낯설고 비릿한 항구 한 켠에서
되새겨보는 고독

한 잔의 참이슬로 마음 적시고
객창의 시름 달랜다.

겨울 연못

심재교

맨 처음 어떤 모습이었는지를
지금 그 처음으로 한 치의 오차도 없이
다시 찾아가고 있는 중입니다
그러나 문득 얼음벽 속 어두움에 갇힌
연못의 바닥에 고여 있는 무덤처럼 적막한
침묵의 두려움이 무겁지요
하지만 전에도 그랬듯이 지나온 긴 자취를
돌아보면서 따뜻한 광휘의 나라를 꿈꾸며
얼음벽에다 몸을 닦는 고행에 들었습니다
아무 기척도 없을 것 같은 바닥에서
기적같이 끊어질 듯 이어지는 얇은 숨소리가
들려오고 있네요 그래요
있으므로 사라지고 사라지므로
다시 일어서는 것을 깨달아가는 찰라마다
두려움 없이 맨처음 모습을
가다듬고 있는 중입니다

비눗방울 떠나간다

심재휘

여러 날 비가 내린다
아파트 긴 복도에 쌓인 빗소리는
현관문이 열리자 잠시 들썩거릴 뿐
온 몸에 빗소리를 새겨넣은 것들은
소리도 없이 일렁이며 어디론가 흘러가고
이 여름 어느 오전의 세상에는
느지막히 일어난 일곱 살 아들만 남아
잠옷을 입은 채 복도에서 비눗방울을 분다
까치발을 하고 서서 난간 너머로
빗방울 사이로
적막한 풍랑의 바다 속으로
후 후 날려보내는 무지갯빛 날숨들

가는 두 발목이 간들 간들 바치고 있는
저 하늘 아래는 닦고 닦아도 자꾸 젖는 세계
어느덧 빗방울에 섞여 눈이 내리고
꽃잎도 낙엽도 흩날리는데
머뭇 머뭇하던 비눗방울들은
그저 난간에서 떠나가기만 한다 멀리

더러는 가볍게
더러는 흐느끼며
비 내리는 망망대해로

나는 뱃전의 일곱 살에게 손을 내밀어본다
닿을 듯 닿지 않는 그의 따뜻한 목덜미에
이따금 들이치는 빗방울이 차다

空超 선생님

심하벽

한때
空超선생 그리고
청동산맥
詩의 의미를 이야기 하고
허무의 의미를 붙이고

詩도 하고
담배도 하고
호흡도 하고
술도 하고
사랑도 하고
철학도 하고……

담배로 호흡해 가면서
그는 갔다
詩하던 空超는
영원한 미소를
지으면서 가-없었다

허무혼은 담배와 더불어
뭇 천여의 체온을
악수하던 그 정열 위에
애도가 자욱이 덮였다.

이른 봄, 즐거운 일

안경원

언 땅 녹아 말랑해진 흙을
까치가 밟고 가고
아직 차가운 바람이 밟고 가고
잣나무 바늘 잎들의 그림자도 밟고 가네
굳은 살 박힌 사람의 발도
밟으면 받아 주는 흙이
숨쉬는 살같이 살갑네
꽃샘 추위 몇번 더 지나가면
다람쥐도 나와 밟고
겨울 난 개미도 밟고 가고
발바닥이 말랑한 세 살박이 아이도
다리 아프다며 밟고 가겠지?

다시 봄이 온 날

옻

안명옥

세상이 아무리 아프게 나를
내동댕이친다 해도
언젠가 한 번은 나만의 자세로 뒤집혀
세월의 멍석 위에서 웃어보리라

잊혀졌던 원목의 아득한 꿈 속
그리움의 이파리 하나
새롭게 반짝여 올 때
울창한 시간의 숲 바람 소리 들리고

내 몸을 던지는 환하고 아픈 자리에
아무도 모르게 스며드는
시퍼런 멍의 기억

견우성 직녀성

안연춘

수천 수만 16광년 하늘 먼 길을 걸어
그대는 지금 어디쯤 오는가
쉼 없이 일어나는
세상의 풀꽃들을 한없이 눕히는
노을바람의 춤으로 오고 있는가

다하지 못한 상실한 말이 종일 베틀 북을 돌리고
그리움이 깊어 마음을 적시는 밤
언제나 그대 없이 혼자 사는 일이 슬프고
그대와 함께 할 수 없는 세상이라서
더욱 가련한 목숨으로 어둠 안에 묻힌다

멀리서 바람이 되고 별이 되고 꽃이 되어
안타깝게 지켜보는 따뜻한 그대 곁으로
이제 나도 가고 싶다
거친 은하의 강에서 우는 여윈 별들도
오늘은 오작교의 길이 되어 다정하게 서있다

낮선 마을 낮선 들판 어디에서도

작은 가슴하나로 피어나는
들꽃 향기 가득한 이 자리에서
차향 가득한 이 자리에서
그대와 마주 앉아 따뜻한 차 한 잔 마시고 싶다

묵은 김치를 먹으며, 아버지

안영희

시월 초순에 묵은 김치를 먹습니다
지난해 가을 덕촌리 山번지에서 배추 뽑아오던 날
지나던 농부 한 사람 투욱 뱉었었지요
"아니 그게 배추라고 여기까지 차 가져와서 그 시퍼렇고 못난 것을
뽑아간다요? 올같이 배추풍년인 때에"
거름도 물도 제 때에 식사하지 못한 중증영양실조로 비틀비틀
잔인한 땡볕과 긴 가뭄을 죽을 듯 죽을 듯 후벼온 그 목숨은
쌈박한 맛은 잠시, 익기만 할라치면 흐늘대며 늘어지는
상품, 다른 김치들 사이에서 아직도
그 싱싱함과 깊숙한 맛으로
우리를 감동시킵니다 아버지
소금도 젓갈도 쉽사리 길들이지 못한
저 한 접시 배추의 기갈과 홀로 깊어진 김치 맛을
보라하십니까
하굣길 둘로 셋으로 눈앞의 전봇대 빙글빙글 겹쳐오고
찬 비속 작은 몸뚱이 갈 데 없는 새처럼 젖어도
한 그릇의 밥도 종이우산도 되어주지 않은
부재의 아버지, 보호막 대신 빗금연속무늬의 상처
옷으로 입어온 성장의 비탈길

비바람 담금질과 햇살의 치유로 그 아이
저 자연産으로 되돌려진 것이라
지금 이르고 계십니까?

꽃으로 못을 박아

안익수

어디서

바람과 술래잡기 하다가

여기에

꽃불을 놓았습니다

그날에는

당신 깊숙이 살을 찍어

내 안에 그림을 걸었습니다

지금은

닫아도

열어서

잠긴 몸 밖이라

나는 숨은 거리에 있습니다

내게 못을 주세요

혈육 한 점 우리 땅

안중원

하나님께서 천지를 창조하실 때
한반도 살, 한 점 퉁겨
동해바다 멀리멀리 떨어졌습니다.

한반도의 혈육 한 점 우리 땅 독도
외로움에 도리짓하며 우뚝 서서
파도 따라 갈매기 노래 부릅니다.

왜구 생떼에 벽마다 구멍 뚫리고
하얗게 질리며 퍼렇게 멍들어도
풍향에 살갗비비며 등불 밝힙니다.

존재는 길 쪽으로 쏠려있다

안차애

눈 쌓인 산 중턱에서 길을 잃었다
깊은 눈이, 길을 덮고 앞서간 발자국을 덮었다.
내가 손때 묻힌 흔적이나 희미한 기억마저 덮어버렸다.

스틱을 저어 나뭇잎 쌓인 곳을 찾는다.
언젠가 동행한 산 친구가
나뭇잎 쌓인 켜가 두꺼운 곳이 길이랬는데......
이제야 그 이유를 알겠다

떨어져 내린 나뭇잎들도 외로웠던 것이다
갈길 몰라 난 분분 떨어져 내리면서도
발걸음 낯익은 쪽으로, 발자국 포개진 쪽으로
몰려가고 싶었던 것이다.
길 위에 몸을 누이고 비로소 길을 찾은 것이다
길 위에 몸을 포개어 마침내 길이 된 것이다

숨겨진 외로운 길
갈잎들이, 숨소리들이, 발자국들이 포개진 길
쌓인 눈을, 깊은 오리무중을 헤쳐 더듬더듬 길 찾는다

정작 오랜 길은
내 마음 속 깊이 쌓여있는 젖은 그리움의 켜 켜에서
한 잎씩 열리고 있었다.

내 안에 빈 방 하나

안혜초

내 안에 빈 방 하나
마련해두었지요

그대 언제든지 마음 내키는대로
들어와서 쉴 수 있는 방

누울 수도 잠들 수도
노래 부를 수도 있는 방

내 안에 오직 그대만을
위한 빈 방 하나
그렇게 마련해두었지요

어머니의 자궁처럼 포근하고
어린시절 뒷숲처럼 딩굴기 좋은

스님의 엽서

양동식

절집 뜨락에
홍매가 피었다고

사람들이 줄지어
꽃잎을 보고 가고

무량 무량하게
향기만 남았다고

청개구리

양상욱

높고 세늙은
바위의 난간에서 울고 있다
나그네로 앉아
어둠도 빛도 아닌 목 밑의 불거짐이 운다
울음이 피어나오는 망잘기
애린 사랑이여
그 슬픈 소리 정말 모르겠구나
눈꺼풀도 뒤죽거리며
햇빛 뜨거운 난간에서
세월의 무정을 긁듯 휘한揮汗의 가락으로
귓볼 밑의 쓰린 마찰음이여

높고 세늙은 바위의 난간에서 목놓아 울고 있다
못 견딜 가난을 더 사랑하고 산 허무
너는 실크로우드의 그 여인

청개구리가
나를 울리고 있다

생명시학 · 11
-그대

양은순

지구는 전생에
별을 만지고 싶은 우리가
만난 별나라
별 속의
눈물겹도록 그리운
생명인 그대를
내가 만지고 있다.

이별하기 싫어
오래도록 함께 살고파
아파하고
참아온 세월의 생명인
내 사랑 그대여!

靑山과 마주

양채영

전화 한 통 가고 오지 않는
이 적막한 시각, 청산과 마주
풀냄새, 새소리 생각을 하든지
靑山을 넘는 경구 한 마디든지
아무 것도 되지않는다
산정엔 어느새 흰 구름이 걸려 있다
지금까지 살고 배운게 모두 허사
문득 친구나 친지에게 보내고 받은
정분들을 잊든지 걸워가려한다는
생각에 나는 생기가 나고 가볍다
靑山은 입을 열 듯 말 듯
나도 무슨 말을 할 듯
이 시각 지상에 있는 것들은 모두
그 무거운 이름들을 잊으려고
잊지 않으려고 애쓰고 있겠구나.

동시에

여태천

모두 한 손에 시계를 쥐고 있었다
가끔 손을 흔들기도 하면서
천천히 제 모습을 지웠다
여러 명의 얼굴이 지나갔다
창에서 시작된 시선이 만곡을 그리며
완벽하게 구도를 완성했다
직진하는 사람은 다른 어딘가에
뿌리도 없이 산다고 생각했다
도시의 가로등이 일제히 밝아질 때
우리는 동시에 재난경보 메시지를 받았고
우리는 여러 곳에서 우울한 소식을 접했다
미아를 찾아야 한다고 생각하다가도
지난 주 복권 번호가 궁금해졌다
노란버스에서 내린 7명이 함께 소리를 질렀고
아파트 앞 늙은 나무 여기저기에 꽃이 피었고
똑같은 옷의 경비원들이 인사를 했다
소복여관 4층에는 29일 만에 불이 켜지고
자장면이 늦게 배달된 그날
우리의 눈은 더 이상 나빠지지 않았다

우리는 272곳에서
동시에 사라지고 있었지만
어느 곳으로도 가지 않았다
도시를 관통하는 가로등은
오늘 가장 빛날 것이다

신발을 벗고 싶다
–인왕산

염화출

바람사이로 봄이 갈라질 때
궁터에서 활을 든 사람을 만난다, 둥근 원을 돌아
같은 자리를 지나는 음영陰影을 빠져나가는 중이다
바람을 놓친 한량은
몸이 구름을 휘감은 창의문에 기대 출렁인다,
'발아하고 싶어'
쫑긋거리는 비둘기의 한 떼를
사직단 앞에서 만나는 날
신발을 벗고 싶다, 날 바위 위에 서서
노랗게 비탈진 이마엔 땀이 솟고
거기 낭떠러지 쪽, 반쯤 기울어진 국사당은
솟아오른 꽃망울이다
잃어버린 어제의 노래를 오늘 이어갈까
새로 도착한 비둘기 한 무리, 내 생각을 막아선다
'쉬잇 봄이야! 내 노래 들어봐'
흐린 하늘 너머 지붕을 보고 싶다
손바닥이 팽팽하다
오므린 입술에 너와 나의 눈이 마주치고
소나기를 기억하는 자하문 밖, 볕을 훑고 있는 찻잔 속

황혼이 되면

오사라

황혼이 되면
숙연히, 돌아갈 집을 향해
준비하리.

사랑으로 인해
피 흘린 자욱
이생에서 살아왔던
삶의 아름다움에
감사하리.

욕망으로 젖어들던
껍질도 추스리고
계절도 없이 흘러간
나태한 시간의 공간도
거두어서

잉태한
최초의 순간이 되어
꽃길에서 맞아주는

찬미의 소리 들으리.

황홀한 기쁨 속에
쉬어가리
깊은 명상 속으로
잠들어 가리.

낙석落石

오세영

험난한 고갯길,
경사진 능선을 막 굽이돌아 서자
폭우에 사태가 난 건지
큰 바위 하나
덜렁
아스팔트 노면 위에 앉아 있다.
절개된 벼랑엔
곧 무너질 듯 소나무 몇 그루 위태 위태
서 있는데
앞을 가로 막고 정좌한
그 모습
오랜 명상으로 다져져 너무도 단아하다.
수 십 년의 수행을 마치고 금방 하산下山한
도인道人일까.
"길이 아니면 가지를 마라"
산 허물고 계곡 밀어부쳐 낸 숲속
아스팔트 길.

간지름 나무

오양심

살이 매끄럽다
네 겨드랑이에 손가락을 집어넣어서
간질간질 간지럼을 태우면
담홍색 웃음들이 앞다투어 꽃으로 터져나온다

벽수 하반이 금풍생이 우두커니 눈산네
풍각쟁이 우리 오빠처럼 이름도 많구나
백일홍 자미화 폐양수 배롱나무
언제부터 이곳에 뿌리를 내렸을까

너를 만나는 즐거움이 없었다면
우리는 여전히 춥고 배가 고팠을 것이다
다만 신이 네게 주는 특권 하나 있다면
지상에서 가장 슬픈 사랑을 하고 싶을 뿐이다

겨울 찬비에
너의 시린발도 채 덮어주지 못하고
먼 하늘만 귀에 쟁쟁한데
후두둑 내 몸을 온통 물들인 계절이 떨어진다

마르고 헐벗은 가지에
간지름
간지름
꽃망울이 돋고 있을

반구대 고래

오영숙

누가 여기다 그려 놓았는지
그저 이야기속에 고래가 여기 살았다 하는
새끼를 업고 사는 이야기도
물을 품고 살아 가는 이야기도
수십마리의 고래들이 오고 가며 살다가
사람들에게 작살맞는 이야기도
공평하게 나눠 먹고 사는 이야기도

누가 무엇으로
누가 무슨 이유로
그렸는지 새겼는지
언제쯤 그 수수께끼가 풀려질 것인지
모두다 퍼덕 거리며 풀어 갑니다

고래가 물속에 갇혀있던
물밖에 나와 있던
반구대 고래는, 그저 바위속에 살아 있는 그림 일 뿐인데
사람들은 꼭 나를 눈도장 찍으려고만 합니다

아직 아무도 모르는 이유 때문에
사람들은 그것을 알고 싶어 몰려 옵니다
반구대 바위그림속에 그려져 있는 이유로
나는 외롭지 않게 삽니다

굳은 땅에 서서
-사는 날

오지연

밤을 세워 소리 내던
기억의 파편들이
어둠을 뽑아낸다

슬픔 한 올 감춰 두었던 심장을 열어도
피 한방울 흘리지 않으리라던
살아온 날이 자랑스럽다며
바보같이

눈물이 저만치 자라서
기다리고 있을듯한 웃음 뒤에
키를 숨기지나 않을까

사는 것이 아무려면 어떠냐구
척박한 땅에서 재촉 받는 삶이
뿌리 내리지 못해도
흩뿌리는 비는 맞지 않으리라

사람과 사람 사이

엇갈리며 가는 길에
돌부리에 채인 발걸음 돌아서지 않았던
소중한 삶이라고
석양에 맡긴 여유로운 미소
잊지 말라구 전해주지 않을래.

민중의 보물

오창근

내 발밑엔
지구만한 보물창고 있나보다
금강석, 금은보화로 가득하고
부자들이 자랑하는 보석보다도
크고 좋은 보물로 가득한가보다

모세혈관보다도 더 섬세한
물레방아로 돌고 돌리는
지하 배관도 설치되었나보다.

사시사철 세상을 눈부시게 만들고
억만년 지나도 변하지 않는
초대형 식물원도 있는가보다
한 치의 어긋남이 없이 조절하는
탁월한 조율사도 사는가보다

흙 밟지 않고 살아가는 저명인사보다
민중의 눈물 걷어먹는 탐관오리보다
이 많은 보화를 딛고 사는 민중은
진정 지구를 통차지한 주인인가보다

汽車

오탁번

할머니가 부산하게 비설거지하고
외양간 하릅송아지도 젖을 보챌 때면
저녁연기가 아이들 복숭아뼈 적시며
섬돌 아래 고샅길로 낮게 퍼졌다
숙제 끝내고 토끼풀도 다 뜯어다주고
심심해서 사물사물해졌을 때
산 너머 기차 소리가 들려오면
몽당연필에 마분지 공책 들고
아이들은 앞산 등성이로 달려갔다
까치발 암만해도 기차는 보이지 않고
두엄더미 지렁이울음처럼
기차소리만 치치포포 하릿하게 들렸다
기차를 한번도 본 적이 없지만
귀를 모으고 기차소리 들으며
재바르게 기차 그림을 그렸다
여물통 같은 기차, 달구지 같은 기차!
개다리소반 같은 기차, 바소쿠리 같은 기차!
아이들은 기차소리를 그리며
멀고먼 나라로 가는 기차표를 끊었다

손에 쥔 기차표 하뭇해하며
아득한 미리내 여울 건너듯
저녁연기 밟으며 돌아올 때면
깜깜해진 비구름이 빗방울 흩뿌리며
쏭당쏭당 개찰하듯 기차표를 적셨다

보름달

오현정

이사온 첫날밤
해뜨는 반대 쪽으로 머리를 두었다
태어나 가는 곳이 다른 해와 달
그사이, 부딪쳐 철썩이던 나의 바다
물안개로 내려앉는 가슴에
바람이 불게
맹렬히 지수를 높인 감성의 방식
살아가는 모든 것에서
다시 튀어오르게
해뜨는 쪽에서 해지는 쪽으로
걸어본다
꺼내고 싶지않던 해돋이
어느새 내 길을 밝히며 떠오른다.

소리의 무대는 황홀하다
-거제도 몽돌개에서-

옥경운

파도는 몽돌이 다치지 않게
포말을 만들어서 감싸고
몽돌은 파도가 상처를 입지 않게
자갈자갈 제 몸을 구른다.

파도와 몽돌이 입을 맞춘
소리의 무대는 황홀하다.
가슴이 따뜻한 이
물색고운 노래,

객석에 앉아 한참동안
귀를 기울리고 듣다가
내 마음도 어느덧 포말에 안겨
몽돌처럼 구른다,
자갈자갈 모를 죽이며.

무화과

옥문석

가슴 속에 간직한 겸손
여느 꽃처럼
웃음이 없어도
제 몸통 속에
차곡차곡 꽃피워
안으로만 안으로만 삭인
사랑

기억하고 있는가, 그대는

옥수복

기억하고 있는가, 그대는
九萬里 산비탈에서
동짓밤을 물레 돌려
구만발의 무명실을 다듬으며
구만리 산비탈을
목숨보다 사랑하던 그 새를

웅녀의 백날이 지나면
얼레 손잡이에 흘러 올
그 빛줄기를 기다리며
바다 밑 침묵으로
웅녀의 동굴을 사랑하던 그 새를

하늘 위 고요를 바람 날고자
생가슴의 선혈
그 진액만 뽑아내며
구만리 산비탈에서
십자가 우러르던 그 겨울의 새를

겨울나무 숲

유경환

헤일 수 있을 만큼
성기게
그렇게 소담한 눈산에
비집고 서서 버티는
겨울나무 몇 그루의 숲
잔 가지들 서로 붙들고 선 채
겨울 얼마나 지났으며
또 봄은 얼마나 먼 지
입 없어 말 나누지 못하는 걸
한 번 억울하다
느껴보지 못하여도
가지의 상처 서로 아물리면서
가늘게 빠져나가는
놀이나
찔끔 곁눈질 하는
뒷모습이
서로의 배경이 되어주는
그 따뜻함….

조난신고

유소례

네거리 대로변,
바람만 차지한 아파트공간으로
쏟아져 들어오는 차의 소음
쉴새 없이 몰려와서 지나가고
멀리멀리 수평선을 넘어간다 했더니
되돌아오는 아찔한 폭음 속에서
바다를 건져 올리는 내 귀
배 1302호를 끌고
바다 가운데 섬으로 앉는다

성난 해일의 성깔이 등뼈를 세우고
몸을 난자하는 우레소리
날을 베른 파도가
갯바위에 자폭하는 물파편의 괴성
잔잔한 물결이 사르르 모래밭을 핥으며
물금 그어가는 소리
한 순간 먼 곳에서
부드러운 운율로 곡선을 그리다가
쏴– 달려오는 소나기 한 편에

칼날 같은 금속성이 튀고
내 섬에 억수로 퍼 붓는 물 물...
배가 기우뚱 기우뚱 흔들리고 물이 차 온다

나는 벽을 잡고 엉금엉금
납짝 엎드린 채 조난신고한다.

할 말이 남아있다고

유안진

섣달, 모과나무에 모과 두 알이 달려있다

정월, 프라타나스는 잎새 몇 장을 붙잡고 안 놓는다

2월, 응달진 산자락에 잔설(殘雪)이 희끗희끗하다

3월, 남녘은 매화꽃 핀다는데 중부지방날씨는 진눈깨비예보이다

4.19 묘역 하늘에 깃털구름 머뭇거린다

어버이날 다다음날도 지하철역 출구마다 카네이션꽃을 팔고있다

국립묘지 뒷산에서는 소쩍새가 자주 운다

7월, 열이레 둥근달이 구름 속으로 몸 숨기는 별들을 불러낸다

광복절이 지난 뒤에도 임대아파트 깃대에선 태극기가 안 내려온다

9월, 고추잠자리 한 떼가 며칠째 마당을 둘러보고 있다

10월, 영어 불어 이태리어 간판들 틈에 한글간판 하나 한사코 끼여들었다

동짓달, 일주일이 멀다하고 손톱발톱은 키가 큰다.

사랑합니다

유자효

절망에 찬 울음
나는 당신을 사랑합니다
견디기 힘든 고통
나는 당신을 사랑합니다
가누지 못하는 연민
나는 당신을 사랑합니다
일상이 돼버린 불면
나는 당신을 사랑합니다
내 병을 똑같이 앓으시는
당신을 사무치게 사랑합니다

물로 그린 그림

유재영

누가 나에게 우리나라 가을을

실제 크기로 그리라고 한다면

나는 항아리에 물을 붓고 기다리겠습니다

저, 푸른 하늘이 다 잠길 때까지

마늘아

유준화

그놈 참! 누굴 꼭 닮았다
겹겹이 입은 옷 벗겨야 되는 거 하며
벗겨 놓으면 희고도 하얀 살결하며
맵고도 톡톡 쏘는 거 하며
구어 삶으면 단내 나는 거 하며
늙도록 영양가 만점인 거 하며
이름도 비슷한 거 하며

백합나무

유희봉

결이 고운 광택 때문에 가구재
가로수로 이용되는 큰키나무처럼
높고 맑은 하늘을 올려다보며
항상 좀더 확고한 꿈을 안고

하면 할 수 있다는 굳은 신념
생각을 바꿔보라 희망이 보인다는
손수 쓰신 책을 감명 깊게 읽으면서
강석규 선생님이 생각났다

대성중고교와 서울호서전문학교
호서대학교를 설립하였고
길고 긴 66년의 참스승의 길
몸소 갈고 닦은 교육의 품안

눈높이까지 햇살을 받은 백합나무
오월의 백합꽃처럼 멋진 선생님
태양을 향해 걷는 자 태양은 항상
그대 앞에만 나타난다는 충언

일산화탄소를 흡입하는 백합나무 같이
따뜻하게 이끌어 주신 넓고 큰 은혜
저희들은 고민할 틈도 없는 꿀벌처럼
학문의 기쁨을 갖고 싶습니다.

어느 곳의 일박—泊

윤강로

들길의 갈대가 솨아 솨아 머리 흔들며 말했다
모든 것에 정직하게 반응할 것
크게 흔들리지 말 것
너무 조용해서 외로움이 원혼처럼 쏘다니는구나
나는 견고하다
그런데, 내가 흔들린다
창밖엔 캄캄한 바람이 순한 짐승이 되어 서성인다
바람소리 저음
날리는 가랑잎이 마른 입술로 말했다
직선으로 무찌르며 살지 말 것
곡선으로 허전하게 살 것
구비 구비 돌아가는 삶을 생각하는
여기는 어드메
다리 아픈 밤이 깊어간다

국수를 삶는

윤관영

국수를 삶는 밤이다
일어나는 거품을 주저앉히며
창밖을 본다 滿開한
벚나무 아래 평상에서 소리가 들린다
웃음 소리가 들린다
젓다가 찬물에 헹군다
누가 아들과 아내 떼어놓고 살라 안 했는데 이러고 있듯
벚꽃은 피었다
기러기아빠라는 말에는 국수처럼 느린 슬픔이 있다
비빈 국수 냄비의 귀때기를 들고
저 벚꽃나무에 뛰어내리고 싶은 밤이다
저 별에게 국수를 권해 볼까
국수가 풀어지듯
소주가 몸 속에서 풀리듯
국수를 삶는 내가
벚꽃에 풀리고 있다

국수가 에부수수
벚꽃처럼 끓는 밤이다.

산뻐찌

윤광수

관악의 허리춤에 봄소식 알리더니
어느새 앙상한 나뭇가지
망개빛의 열매도 꽃가지로 변하였네

모진 삭풍 다 이겨낼
마음 속까지 혼은 붉어
새빨갛게 핀 환생의 꽃가지

넌, 꽃보다 더 진한
그러한 사랑에
가슴이 그져 시리기만 하여라.

폐사지에 피어난 나팔꽃 한 송이

윤순정

무심한 폐사지 잔디밭을 거닐다
돌담 밑으로 넝쿨도 없이 피어난 나팔꽃 한 송이,
잔디를 깎는 예초기에 의해
끝도없이 뻗어나가려는 넝쿨이
잘려 나갈 때마다 가느다란 줄기는
하나의 몸통으로 굵어진 것일 게다
결코 잘려질 수 없는 의지의 허리가
잔디와 함께 잘려지고 무수히 피 흘리면서도
저 깊숙한 뿌리로부터 용솟음치는 투지로
연약한 줄기는 잔디의 키만큼 고목으로 자라
한 치도 안되는 겨드랑이 눈 틈을 비집고 피어난
한 송이 나팔꽃을 발견한 순간,
쓰잘데없이 웃자라 길어진 나의 허리를
천천히 굽히면서 바라보다가
스산해진 가슴 어디에서도 움트지 않던 詩語 들이
척추 몇 번째 마디에서인가
우두둑 꺾여지는 소리와 함께
무디어진 오관을 자극 하는구나
철이 지날대로 지났으되

저리도 당당하게 피어난
연보랏빛 난장이 나팔꽃 한 송이
폐사지에서 떨어져 나간 풍경들이
다시 제 위치로 돌아와 적막을 깨우고
가을도 그렇게 지나가고 있다

리프릿 치매

윤향기

85g짜리 모조로 묶은 850페이지의 책은 육중한 현실인 것이다 말하는 이 책은 화전을 붙이기 위해 봄을 딴다든가 그 봄을 깨물어 뱃속이 환해지는 아주 사소한 여성에서부터 3.1 운동 날 저고리 속에서 땀에 젖어 찢어지고 만 얇은 태극기에 대한 비밀스러운 참회와 6. 25 전쟁과 4.19 때 아들을 잃어버린 피눈물이 참 공정하게도 유성기처럼 반복해서 도는 것이었는데 타인에게 말걸며 주눅들었던 것이나 빨래터에서 방망이 장단에 맞춰 창가唱歌로 울분을 두둘인 것이나 어느 것 하나 쓸데없다고 버려진 것은 없었다 이 책의 원칙은 오직 여자의 도리가 줄거리였는데 시집간 집에 뼈를 묻고 시동생은 5살이라도 상전이었으며 그 상전을 위해서는 머릿단이라도 잘라 학비를 보탰던 것이다 그 유성기판이 드륵드륵 이빠진 소리를 내면서부터 이 책은 번성하던 탐욕의 무게를 놓고 퀘퀘한 냄새로 작아지더니 옹아리의 여분인 배넷웃음까지 즐기는 것이다 자신의 자신에게로 어떻게 한 순간에 훌쩍 뛰어내린 것일까? 태아처럼 웅크린 쪼그라진 잠 속에서 책은 대책없이 편안한 것이다 엄마, 오늘은 기분이 좀 어떠우? 나, 보지 아파, 오물오물 850페이지까지 흘러와 착종錯綜이 끊어진 책장 사이로 푸르렁 날아 오르는 어머니 활자책은 아무 말도 한 적이 없는 것이다

달을 보다

윤희수

둥글고 차가운
물방울
눈언저리 서늘한 눈빛
지금 만나
위태롭게
마주서는
아슬한 낮달

그림자를 낚는 사람

이가림

가물거리는
상념의 호숫가에
낚시바늘 없는 낚싯대를 드리워 놓고
없는 물고기인 '나'를
기어이 잡아보겠다고
온종일
바람 부는 갈대밭에 앉아 있는
저 멍텅구리 좀 보소
프르륵 프르륵
찌를 흔드는 것이
제 그림자인 줄도 모르고
매번 헛되이 낚싯대를 끌어당기고 있는
번쩍 빛나는 찰나의 비늘에 홀린
저 멍텅구리 좀 보소

말

이건청

반쯤은 재가 됐구나, 말아
네가 딛고 온 풍상이
검은 이끼 되어 돌 틈을 덮고 있다.
채찍이 오히려 아프지 않구나, 말아
능 하나를 지키고 선 말아.

푸른 독

이 경

눈 뜬 감자에는 푸른 독이 있다
이미 하늘을 보아버렸으니
온 몸에 푸른 독이 시작됐으니
아무도 먹을 수 없는 몸 되었으니
거름받아 잘 썩은 흙을 다오
핏줄속의 사나운 어둠을 길들여
하얗게 꽃피울 하늘을 다오
눈을 뚫고 나온 푸르고 둥근 힘이
세상의 가난을 덮을 수 있다면
뜬 채로 두 눈을 묻어도 좋아라
무딘 칼로 감자눈을 도려내며
손바닥에 묻은 감자의 흰 피
내게 언제 감자눈같은 꿈 있었나
흙으로 덮어주어야 꽃이 피겠다

할미꽃 스케치, 봄·여름

이경희

이른봄 들섶에
아지랑이 피어나듯
보송한 솜털
자줏빛 연정 품고
다소곳 허리 굽힌 할미꽃

여름 유명산 산자락
북한강 기슭에
흐드러진 들풀 야생화
어깨춤을 춘다

저만치
은은한 금발에 은구슬 달고
바람 품에 안긴
날씬한 미녀 할미꽃

허리 곧게 펴고
은빛 미소 손 흔들며
자손들을 전송하는

여름숲 할미꽃
할·미·꽃

삶, 그리고 버리기

이광석

책들이 단칸방에 어지럽게 굴러다닐 때 반듯한 책꽂이가 갖고 싶었다. 책꽂이에 빈칸이 많았을 때 아무 책이나 끼워 꽉 채우고 싶었다. 거실 전체가 서재로 바뀌었을 때 책들은 이미 더 이상 꽂힐 자리가 없었다.

어디 책뿐이랴. 내 삶의 공간마다 뜬 누룩처럼 지난 기억을 삭이는 신문지, 사진뭉치, 각종 기념패, 영수증, 열쇠꾸러미, 빛 바랜 액자, 못 생긴 돌 등. 부질없는 한때의 엄살들이 납기 넘긴 고지서마냥 나를 물끄러미 훔쳐 볼 때마다 나는 버릴 용기를 놓치고 만다.

어둔 세상 독한 소주로 불 밝히던 내 첫사랑의 경련과 같은 것이 아니었던가. 헐거운 삶의 배낭마저 버려야 할 등 굽은 나이에 저것들을 버리면 내가 나를 버리는 것 같아 고집스레 붙들고 있다.

묵은 볏짚단 덮듯 저문 내 인생의 들녘을 속절없이 불리고 있는 저 귀먹은 유산들의 그늘 속에서 오늘은 문득 누군가가 나를 송두리째 내다버릴 이승의 끄트머리를 예감한다.

낙원상가 근처

이교상

등줄기를 밟고 오는 새벽 두 시의 몽롱함

 오늘도 흥건히 젖어 무거운 몸 내려다본다 돌아보면 아무것도 보이지 않고 누굴까? 가로등 희미한 먼 먼 고향 같다 멈칫하면 할수록 그 안에 내가 갇혀 바라보는 서울이여 옅은 웃음 흘리며 너 무엇을 꿈꾸는가

 자 봐라,
누워서 뒤척이는 알몸의 내 그림자

풍경이 흔들린다?

이규리

어금니 하나를 빼고 나서
그 낯선 자리 때문에
여러 번 혀를 깨물곤 했다
외줄 타는 이가 부채 하나로
허공을 세우는 건
공기를 미세하게 나누기 때문,
균형은 깨지기 위해 있는 거라지만
그건 농담일 게다
한 쪽 무릎을 꺾으면 온몸이 무너지는 건
짐승만의 일이 아니다

지친 다리 끌며 가서 보았다
인각사 대웅전 기둥이
균형을 위해 견디고 있는 것을,
기우뚱해 있는 저 버팀목까지도
서로 다른 쪽을 위해 놓지 않고 있는 믿음을,
처마 끝에서 풍경은
그저 흔들리는 게 아니라
공기를 조절하며 추녀를 들어주고 있는 것이다
이따금 소리내어 기둥의 안부를 확인하는 것이다

雲門寺 물소리

이근식

운문사 가을 계곡 물은
탁탁탁 목탁을 치며 즐겁게 간다
죄투성이 몸을 끌고
어디론가 가는 길
내 발끝에선 맑은 소리가 없다
마음이 어두운 탓일까

진종일 독경소리 법당 밖에서
투명하게 반짝이고
어디에든 앉아 계시는 부처님 음성
마음을 비워라 비워라 계곡물이 속삭인다
부처님과 만상이 너와 하나라고
물소리, 목탁소리, 산이 우는 소리
옷끝을 잡고 흔든다.

육신을 끌고 숲속길을 내려 오다
울력 나온 스님들의 몸에서
맑은 물소리를 들었다.

독필禿筆

이근배

끝이 무지러진 몽당붓을 일컫는 독필禿筆이라는 낱말은 스스로 글솜씨를 낮출 때도 쓴다. 나는 어려서 몽당연필에 깍지를 끼워 써 보긴 했어도 한 자루의 붓도 닳도록 쓰지 못했다. 그런데 추사秋史가 친구 권돈인權敦仁에게 보낸 편지에서 "열 개의 벼루를 갈아 바닥을 내고 천 개의 붓을 닳도록 썼다(磨穿十研禿盡千毫)"는 글귀를 읽고는 그만 머릿 속이 텅 비워옴을 느꼈다. 추사는 그 편지에서 일흔 해를 그토록 써왔어도 "편지 글씨 하나도 못 익혔다(未嘗一習簡札法)"고 했다. 흔히 말하는 고희古稀라는 나이, 나하고는 천만리나 멀다고 생각했는데 어느 새 나도 지척에 다다랐다. 저 추사는 천 개의 붓을 다 쓰고도 글씨가 안된다고 했는데 한 자루의 붓도 대머리 禿를 만들지 못한 나는 이제 어떻게 붓을 잡으랴 새로 용산에 문을 연 국립중앙박물관에 가서 「세한도」나 한恨없이 훔쳐볼 작정이다. 어느덧 날은 차져서 옷벗는 나무들 속에 저 혼자 푸른 소나무 잣나무를 그리던 그 천개의 독필이 들어 있는.

나무나라
―참숯가마

이기애

나를 사랑했던 그 남자는
제 고른 등뼈를 잘라 다리를 놓아주고 활활
불의 몸이 되었다

한 가닥 불길 속에 뛰어든 생이여

나는 남아 보랏빛
연기가 되어 저문다 어둑어둑
기억의 뿌리까지 저문다

꽃피는 날은 떠나지 마라

이기철

산의 핏줄로 살구꽃 피어나고
흙의 흰 피인 물 흘러간다
뿌리들이 흙을 끌어안는 힘으로
오늘을 살아야지
빈부에 젖은 하루를 꽃잎처럼 내려놓으면
걸어가 닿는 저녁은 아늑하리라
생각은 가늘고 그리움은 튼튼하다
잎 하나 흔들릴 때 우주가 잠 깬다
누군들 한 송이 기다림 없는 사람 있으랴
오늘도 빛나는 생각으로 사람들은 반짝인다
꽃잎 흩날리는 곳에서 반가운 사람 만나면
내 가진 가장 아름다운 말로 인사하리라
사람들이 손수건처럼 펄럭이는 곳에서
꽃의 향기 빌어 안부 전하리라
그대, 꽃 피는 날은 떠나지 마라
꽃 다 져 어두운 날
나는 혼자 지상에서 쓸쓸하리라

폴라 익스프레스*

이나명

눈이 내린다
눈 송이 송이
칙칙폭폭 달려오는
하얀 기차들

내 몸에 정차한 기차 하나가 잠시
하얀 김을 내뿜다 깜빡
어디론가 사라진다

저 허공속에서
칙칙폭폭 김을 뿜으며 달려온 기차들
나를 향해 수도 없이 곤두박질치다
덥썩 나를 태우고 어디론가 사라지는
하얀 기차들

그러니까 중요한 건 기차가
어디로 가느냐 가 아니고 그 기차를
내가 탔다는 것이다*

두 손을 호호불며 하얀 김을 내 뿜으며
칙칙폭폭 내가
어딘가로 가고 있다는 것이다

* 에니메이션 영화 〈폴라 익스프레스〉 중에서

담쟁이

이덕원

오월의
은빛 청나비
다닥다닥 벽에 모여
무얼 하나

폴락폴락 날개짓으로
바람을 일러
후두두둑 쏴아
소나기 지난 뒤

호랑나비 되어
구름처럼 세상을
누비는 꿈
만들고 있지.

아 – 이러니Irony

이돈희

밝은 봄날
온종일 서울 구경 잘하고
불끈거리기 좋아하는 군대 많은
연천으로 오는데
병정개미 같은
우리 전투경찰들이
제마다 몽둥이 하나씩 손에들고
세계 최강이라는
미군부대 정문과
탱크포 군사훈련장을
엄호하고 있었다

"아 – 이러니"
위대하다
나의 조국

소중한 동행

이동희

악동들의 우주가 된 느티나무 곁에
줄참나무 몇 그루 팔베개를 하고 누워서
함께 오월을 피워내더니
그예 정담 마당에는 잔디가
기억의 언저리에는 철쭉이
진득한 인생담을 깔아놓으며
흐드러진 홍초 홍소 울타리를 넘거나
그랬지
옆구리 허전한 사색의 여백마다
몇 이랑 고추모에 지주를 세우고
가을볕을 예약한다거나
푸성귀 몇 이파리 바람춤 일 때마다
해송은 깔깔하게 미소 같지도 않은
선문답으로 문지방을 넘어갈 것이고
느티나무는 버얼써
"알았다, 알았다!"
빈손으로 탁발을 떠났겠지
그들 언제쯤이나
오월이 오는 여울목에

다시 모여 손자들 재롱도 이름하고
쌀이야 숲이야
봄이야 가을이야 이야기해싸며
저들의 계절을 노래하게 될까
잊지나 않고 어깨동무하게 될까.

겨울바다 · 3

이명혜

울음 울적마다
울컥 울컥
그랬다
바다는 시뻘건 핏덩이를 토해낸다

번질대는 긴 몸뚱이
삶과 죽음이
그 마음 안에
굴러다니는 것이 보인다

시커먼 뱃속
사나운 이빨로 물어뜯는 저것들
끝없는 싸움이다

보라
용납 못한 거무댕댕한 아픔 한 조각
지금 폐선 기둥에
찰싹 달라붙어 응얼대고 있는 것을

쏜살같이 빠져 나가는
순간순간
지독한
삶의 물살 막을 길이 없다.

가을 연습곡

이문걸

입추 지나자
미루나무 잎새에서는
귀에 익은
파블로브 카잘스의
첼로소리가 났다
경쾌한 F 장조의 선율
남서풍이 불 때면
송림 사이로
새하얗게 부서지던
동해바다 경포대의 월광
온밤을 파도소리에
가슴 적시며 혼자 듣던
명연주의 첼로리듬
가을은
카잘스의 은빛 수염위에서
촛불의 크기로 흔들리고 있다

비오는 날에 받는 한 대접의 시

이보숙

차창 밖으로 이슬비 내린다
떡갈나무 참나무 소나무들이 젖고 있다
숲 저쪽까지 닿은 오솔길
그 끝에 하늘이 바다인 것만 같다

통통배가
만灣을 길게 끌고 간다
네가 타고 가는 배
내가 타고 가는 배 말 없이
손짓만 남기고 엇갈린다

괭이갈매기 떼 어지럽게 날아드는 곳
달리는 숭어의 무리
퍼렇게 일어서는 삶의 욕구

그리움의 흔적들
물길에 지워지고
허상을 붙들고 보내버린 시간들
흰 거품 속으로 사라진다

떡갈나무 참나무 소나무가
조용히 젖고있는 숲에서
한 그릇의 언어를 담아낸다
너와 내가 채우지 못한 허기를
이 한 대접의 따뜻한 비로 채운다

옥수수

이봉연

비 바람을 견디어 온 옥수수대가
굽은 허리에 옥수수송이를 힘겹게 업고
더는 넘어지지 않으려고
안간힘을 쓰고 있다
억센 태풍에 허리가 휘고
오뉴월 염천 팍팍한 황토 땅에서
발톱이 빠지고 발가락이 터지도록
버티고 살아남아
토실한 씨 한 송이만은 남겨야겠다고
모진 세월 딛고 넘어온 옥수수

부러질듯 아픈 허리를 추스르며
이거 하나라도 잘 키워
굽은 등에서 내려놓을 때 쯤이면
죽어도 서서 죽으리라고
뼈속의 진까지 모두 다 내어주고
하얗게 서서 죽으리라고
속으로만 다짐하는 옥수수대는
두 눈을 질끈 감고 아무 말이 없다.

북촌北村을 지날 때

이사라

여기라고
사라진 지붕이 보이겠는지요

가회동 북촌을 지날 때
자유로운 낙서처럼
좁은 길이 마음 끝에서 평온하고
당신이 가는 길이
배꼽으로 가는 길처럼 안전하고
꿈의 추억을 만나듯 낯익은 그림자가
당신을 부르는 듯
뒷덜미의 따스함을 느끼겠는지요

낮은 목소리의 그들이 지붕이겠는지요
내가 당신의 지붕이 되던 흐릿한 기억만이 충만한데
당신이 나의 지붕이 되던 뚜렷한 기억만이 충만한데

오래된 시간의 냄새를 쪼고 있는 비둘기의 깃털이
지붕이겠는지요

2006 축구 월드

－한 · 스위스전

이상열

분단의 장벽 스스로 허물어
통일을 이룩한 게르만족 나라에
지구촌 건아들 한데 모였네
차일수록 매력 넘치는
이 세상에 단 하나뿐인 요정 모셔 가려고
지뢰밭을 헤치듯 적진으로 돌격하는
그대들의 발은 참으로 위대하다
오, 필승 대~한민국
간절한 한국 프로포즈에
윙크만 감질나게 하더니
16강 티켓을 스위스에 안겨주고 말았구나
동네 방네 붉은 물결
눈이 퉁퉁 붓도록 밤샘 응원
기대가 크면 실망도 크다던가
아쉬운 2대0의 패배
에잇 씨이…
아침 출근길에 풀죽은 모습들
편파 심판에 국민을 대표하여 통곡 했다는
L 선수의 고백

영춘화迎春花

이상열

찬란한 빛을 감춘 채
남풍을 앞세우고 문득 찾아올 너를
나는 샛노란 옷으로 갈아입고 맞이하리니
어서 오라, 그리고
내 귓가에 입맞춤하라

강물은 풀려 다시 흐르고
산자락에 잔설도 빛을 잃어
대지는 어느새 촉촉이 젖어있노라

그리움이 사무쳐 꽃은 피는 것-

아지랑이는 먼-산에 두고
혼야婚夜의 설렘 같이
두근거리는 나에게로 먼저 오라, 와서
내 가슴에 너의 문신을 새겨다오
봄, 봄이라고…

숨바꼭질

이상호

어젯밤 뜬 눈으로 지새운 달이
오늘 얼굴 말끔히 씻고
성큼성큼 걸어간다
결심한 듯 냉정하게
강이 흐른다
징그러운 배암
아이들 서넛
경험하지 않은 기억을 따라
막무가내로 배암을 쫓는다
영문도 모르고 쫓겨 가는
물뱀 한 마리
어제 보았던 것 같기도 하고
아닌 것 같기도 한
한 무리의 바람이
아이들 뒤를 쫓는다 막무가내로
아이들은 징그러운 배암을 쫓고

서로 있다는 거

이생진

산과 산 사이
찔레꽃이 만발해서
벌들이 떠들썩한 곳에
가던 길 멈추고
서 있다는 거

깊은 산 속에서
그렇게 고독을 달랠 수 있다는 거
행복해 죽겠네

자투리의 삶5

이석래

기웃거리는 습성
그럴 필요가 없는데도
그렇게 굳어진 형태의
삶으로 변해 버렸다.

그러지 말라 해도
다른 도리가 없다.

그것은 순전히
바람 때문이라는 것을
알면서….

소도 언덕이 있어야

이 섬

풀 한 포기 밭 한 뙈기 없는 주제에 그래도 두 눈 꿈뻑 꿈뻑하는
소 한 마리는 몰고 다니지 이 소라는 게 바로 장신구요 트레이드
마크라는 거야 어느 곳이든 명함을 대신하여 소의 고삐를 불쑥 내
미는데 그 커다란 눈이며 코며 입을 벌쭉거리는 게 썩 잘 어울린단
말이야 분위기가 있어 하지만 소도 언덕이 있어야 바람도 쏘이고
간간이 입질이라도 해대지 가려운 등짝이라도 비벼대지 잘 난 척
끌고 다니지만 춘삼월 문가에 앉아 아지랭이를 바라보는 그 젖은
눈매와 봄 햇살에 단내 풍기는 더운 콧김을 어찌 다 막으려고,

쥐똥나무꽃 향기 속으로

이소영

쥐똥나무 울타리 울창하다
신화초등학교 담장을 따라가며
짙푸른 이파리들 목이 꼿꼿하다
좁쌀만한 꽃망울 향기 그윽하다
아이들이 돌아간 텅 빈 운동장에서
그림자 벗어 신발 옆에 나란히 놓고
실눈 뜬 쥐똥나무꽃 속으로 걸어 들어가
향기 덮고 오래도록 잠들고 싶다
해 저물어 저녁별 돋도록 혼절하여서
어린 꽃망울들이 어깨 흔들어도
세상모르고 꿈을 꾸리라
어둠이 더욱 깊어지길 기다려
가장 높이 빛나는 별에게로 가야겠다
가서 따뜻한 빛 한 아름 얻어다가
가난하고 외로운 이의 가슴마다
등불 하나씩 달아주겠다
쥐똥나무꽃 향기 닮은.

찰나

이수영

흰 명주를
피륙째 펼쳐놓은 듯
강 물빛이 하얗게 반짝거리면

깨끔한 얼굴
열엿새 달
낙타봉의 능선을 기어오르고

어둠을 배기 시작한 산이
새끼를 칠 때마다
울컥 먹물을 하늘가에 토해낼 때

고라니 한 마리
가일의 장원 억새 우거진 덤불 속에서
순진스레 길을 물어오는

내가
나를 용서하고 싶은 지금
너를 용서하고

루머

이수익

저 자루 속이 궁금하다.
저 자루 속을 불룩하게 채우고 있는
물체의 진실이 궁금하다.
그 불룩한 모양새는 끊임없이 부피를 움직이는
유동성으로
우리의 추측을 뿌리치고 있다.
자루 속엔 몇 마리의 뱀이 들어 있나
자루 속엔 수십 마리의 커다란 낙지가 들어 있나
어느 별나라에서 온 우주인이 들어 있나
꾸불텅꾸불텅 모습이 뒤바뀌는 자루의 형체는
매직 쇼의 비밀처럼, 우리를 궁지에 몰아넣고 있다.
눈앞에 빤히 보이면서도
좀체 잡을 수 없는 단서를
저 묶인 자루 하나가 틀어쥐고 있다.
자루 하나에 우리 모두 우습게, 바보가 되고 있다.

기다림

이수정

숲은 옥상에 세들어 있습니다
당신이 사는 집
긴 계단을 걸어
문을 열 때도 닫을 때도
소리 나지 않도록 조심해야합니다

문을 열면
길다란 나무들이
백 갈래의 가지를 뻗고
천 갈래의 뿌리를 내립니다

숲은 숨죽이고
세들어 있습니다만
잎사귀들이 자꾸만 달싹이고 반짝이며
나는 연습을 합니다
숲은 하나도 놓치지 않고 꽉 붙들고 있습니다

잎사귀들은 벌써 비행 연습을 마쳤습니다
빛나는 사과를 따듯

당신이 허공에서 잎을 따낼 때까지
잎사귀들은 배회하고 다닐 것입니다
외로운 섬이 갈매기를 띄우듯이
이젠 잎을 날려야하나 봅니다.

밤 지하철 긴 의자

이숙희

밤 지하철을 타 보셨나요
먼저 탄 사람은 분명 의자의 왼쪽 끝에 앉습니다
그 다음 사람은 오른쪽 끝에 앉습니다
그그 다음 사람은 한 칸 건너 또는 두 칸 건너
동그마니 앉습니다
낯선 사람들은 사람보다 물체에 익숙합니다
두려움이 외로움보다 더 겁나는 시간

잘 살펴보면 바깥쪽에 앉은 사람의 몸이 약간
비스듬합니다
비스듬한 것은 아주 오래된 일입니다
그러므로 밤 지하철 긴 의자에는
어김없이 비스듬한 공허가 흐릅니다

나는 요즘 서울로 이사와
아주 많이 지하철을 애용합니다
사람 인人자의 한 축인
쇠골의 기운 공허가 너무 쓸쓸한
사람 서넛을 무심히 얹어주는 밤 지하철

외로운 사람은 특히 밤 지하철 긴 의자에 앉아보세요
무념無念의 시간이 어깨를 감싸는

보리의 패망敗亡

이승주

전쟁은 끝났다.

푸른 보리밭,

눈덮힌 벌판을 질러오던
푸른 발자국소리.

검은 가지들마다
다시 돌아온 신록들의
환호를 지나
진군의 나팔소리는 점점
역사의 폭염 속으로 갇혔다.

발을 빼기에는
이미 늦었다.

쫓기면서도 저들은
때를 기다렸던 것이다.

마침내 백만대군
붉은 긴 창 버리고
일제히 쓰러졌다.

기차는 8시에 떠나네*

이승필

불쑥 걸려온 전화가 끊긴 뒤
가물가물한 목소리를 만지작거리다 사막에
흘린 마음속을 귀에 익은 음악이 들락거린다
기차는 8시에 떠나네
들을 때마다 비감해서 느닷없는 그리움을
불러일으키는 아그네스 발차의 노래**
어디였지? 그때 우리가 함께 가려고 예매한 비행기표
위로 바다가 걸어온다 쉽게 진 사랑의 꽃
두 잎이 파도에 휩쓸린 순간 어느 바닷가
허름한 역 플랫폼을 혼자 서성이는
내 뒷모습이 보이다 사라진다
사랑은 아마도 바람을 기다리는 일
기다릴 땐 오지 않고 보내지 않아도 떠나가니까.....
3분 57초에서 끝이 나는
기차는 8시에 떠나네,
리피트 버튼을 누르면 노래는 타 들어가듯 애절해서
끝도 없이 아련한 그리움을 불러일으킨다
나는 지금 바랜 비치 파라솔 몇 개 놓여 있는 가을바다
빈 모래톱을 지나는 빗방울처럼

그녀가 걸어온다
잘못 꾼 꿈이겠지, 나는 오랜 기억 속의 노래를
휘파람으로 분다 아득한 眩氣를 털며

* 그리스의 민중음악 작곡가인 Mikis Theodorakis가 작곡한 곡

  우리나라에선 성악가 조수미에 의해 불려지다

** 그리스의 여가수(Agnes Baltsa)

病後에

이승하

세상이 참 많이 바뀌었구나
금붕어들이 저렇게 힘차게 움직이고 있다니
베란다 화분의 꽃들이 저렇게 소담히 피어 있다니

길 나서니 거리의 모든 것이 낯설다
사람들 죄다 봄옷으로 바꿔 입었고
푸른 가로수 잎들 푸르르 떨고 있다

몸 가벼워 허공에 떠 있는 기분
팔 벌리면 날 수 있을 것 같은 기분
공원의 비둘기들 뜻밖에 기운차게 난다

조금 걷다 다리 후들거려 주저앉으니
먹이 찾아 나온 개미 몇 마리
자벌레를 만나자 맹렬하게 싸운다

세상이 여전하구나

백무동 일기 2

이시연

천왕봉 오르는 길
소지봉 지나 망바위쯤에서
추분 비껴가는 햇살 만나게

폭죽처럼 쏟아지는 봄볕
그런 눈부신 치장 벗어버리고
한여름 거친 숨결도 좀 고르면서
그냥 헤성헤성한 대로
그러면서 차분하게 다가오는
햇살 몇 가닥

사람살이도 가을이 오면
조금씩 비우라는 거겠지
하늘도 검은 구름 씻어내고
나무들도 푸르름 헹구지 않던가.

사랑 이예요

이애진

소리 없이 다가오는
정체모를 무엇이 있다면
아마 그건 사랑일거예요.

아무도 모르게
가슴속 깊이 들어 앉아
뜨겁게 떨리게 하는 거
그건 사랑 이예요.

마음의 문 굳게 닫고
눈을 꼭 감아도
살며시 열고 들어와
눈동자에 투명하게 비치는 거
그게 사랑 이예요.

밀어내도
떨쳐버려도
눈을 감아도
멀어지지 않는 거
그건 사랑 이예요.

건망증과 여권님

이영숙

덜커덩거리든 내 생의 경운기가 크게 말썽을 부렸다
여권도 없이 공항에 나갔다면 요주의인물 아니,
사용불가의 폐기처분 감일터
비상사태 상황이 긴급 타전되고
올림픽 대로를, 63빌딩 위를 바람보다 먼저 날아온 아들이
바람 빠진 바퀴에 탄력을 불어넣자
너스레가 봄처럼 튀어올랐다
"막내 안 낳으려다 낳았더니 큰일날뻔 했잖아"
깍듯해진 여권님의 안부를 황보가이드가 챙길라치면
우린 소리의 꽃잎을 하르르르 날리곤 했다
내겐 없는 여권의 주가가 천정부지로 치솟으며
달구듯 증시의 파장이라니
시간과 함께 빠져나간 혼의 묘연한 행방이라니.

命

이영식

눈발 휘날리는 대학로
원조순대국집 노파가 바다를 건너고 있다
命을 맡긴 한밤의 무단항해다
팔십 고개, 순대 묶음처럼 꺾인 허리와
지팡이가 하나 되어 큰 너울을 건너고 있다
온몸으로 노를 저을 때마다
들숨날숨 파도 위에 녹아내리던 호흡이
중앙선 위에서 잠시 멈춰선다
앞만 보고 악착으로 내달려온 세월
미처 따라오지 못한 영혼을 돌아보시는가
한쪽으로 기우는 쪽배가 위태로워
질주하던 쾌속정들이 급브레이크를 밟는다
왁자하던 불빛과 뱃사람들의 수다
날리던 눈발도 잠시 숨을 고른다
노파를 모시는 지팡이의 어눌한 방향키에
모든 초점이 엉겨 붙는 순간, 거리는
먹먹한 고요가 가라앉은 바다 속 풍경이 된다
천근만근 납덩이보다 무거운 걸음
쌍끌이 그물코에 걸린 마음들이 밀고 당기던

원조지팡이가 기우뚱거리며 보도 위에 닻을 내린다
명줄을 겨우 이은 쪽배가 골목으로 사라지자
생각난 듯 함박눈송이들이 뛰어내린다
숨죽였던 쾌속정들이 총알탄으로 튀어나간다
급물살을 타는 대학로, 속도만 생각할 뿐
아무도 원조를 기억하지 않는다.

노숙자

이영신

여기가 네 집이냐?

투구를 쓴 소라게가
엉거주춤 서서무슨 소리냐고 나를 바라본다.
귀를 세우듯이 엉거주춤 빤히 바라본다.

홈마트 한 켠에 난데없이 모래사장이 생겨나고
못 보던 놈이 나를 쳐다본다.

새로 이사를 온 것이냐고?

제 몸보다 무거운 집 한 채를 뒤집어쓰고
다리를 절룩이며
무조건 걸어가는
걸어봐야 제 자리에 머무는 소라게가 되돌아선다.

네 집은 어디냐?

소라게가 묻는다.

이사移徙

이영춘

침대를 옮겨 놓으면서 생각한다
생가보다 먼저 회색 단어가 휙- 지나간다
이 침대에서 한 사람이 떠나갈 것이고
그 뒤를 따라 또 한 사람이 떠나갈 것이다
그리고 침대도 떠나가고

떠나갈 침대를 바르게 놓으려 낑낑대며
떠나갈 그릇들을 정리하고
떠나갈 옷가지들을 정리하고
떠나갈 몸뚱이들을 정리한다

10년 혹은 20년 후, 침대 누었던 자리에 누군가가
무덤을 만들고 봉분을 만들고
지붕은 날아갈 것이다

날아갈 집을 위하여
날아갈 몸을 위하여

오늘 다시 나는 집을 짓는다
몸을 짓는다

눈내리는 밤의 풍경

이옥진

눈이 내린다 사선으로 내리는 당신의 따스한 숨결 슬프던 풍경이 물과 햇빛이 되어 커다란 잎을 만든다. 그대 잔을 높이 들고 내게로 오라 연초록 잎 그늘 아래 붉은 빌로드 융단을 깔고 그대는 나의 靈感이 된다. 초록 그득한 웃는 얼굴과 순한 한 마리 양 환희의 얼굴 집들은 무게를 버리고 둥실 떠 오르고 있다

도시의 북쪽 역에 도착 했다 가로등 빛에 눈이 휘날린다. 세계는 하나의 원이 된다. 지름의 경계선을 넘나드는 푸른 날개옷을 입는다. 보이지 않는 안개 커튼 헤치고 들어가는 또 하나의 세계만물은 무게를 버린다. 연분홍 빛 집들 위로 이중창을 부르는 그대와 나 둥실 떠오르는 내 몸 분광기를 통한 무지개 나라 그대가 내 어깨에 내려 앉아도 풍화된 바위 사라진 시간의 무게 가득한 잔 높이 들고 예찬이 길을 들어 선다. 어둠과 안개를 벗어나

슬픈 영화

이옥진

새벽공원 한 귀퉁이 누렇게 얼룩진 거적사이
잔뜩 웅크린 애벌래 한 마리 움직임이 길다
주절주절 혼자 소리 또한 길다.
병째 마시고 또 마시는 술의 독 아주 길죽하다
사람들 북적대는 운동장의 흙먼지도 길고
여기저기 새벽을 가르는 기압소리들도 길다

뛰거나 달리는 사람들의 생생한 눈총 겹겹이 껴입고
웅크린 남자의 실성한 등짝에 후덥지근한 식은 바람 들락인다
　　　　삽십팔만구천오백원이면살수가 . . . 한달이하루가뭐그리
대수라고, 라고
차가운 시멘트 면벽하여 오체투지 애벌레 연신 염불중이다.
베트콩의 총알도, 마누라도, 새끼들도 다 비껴가고, 가고
한때 축복이고 빛이었을 사내는 낡은
월남참전전우회 입간판 아래 이어진 계단 밑 거적이 방이다.
아니 활짝 열린 화랑공원이 집이다.
찌그러진 빵 같고 뒹구는 소주병 같은 아침
시작도 끝도 없는
　　　　커어피하안잔시키어느옹 고그으대오오기르을기이다리어

부아도 . . .
　노래의 목소리 가닥가닥 끊기는 그의 년대가 운동장 먼지에 끼어
있다
　　　　세에드무비올웨이스맥미크라이세에드세에드세에드. . .

　쉬지 않고 앞으로만 가는 시간
　쪼그리고 앉아 소리쳐 부르는 세상은 슬프지도 않고
　오직 흘러간 저 슬픈 영화만 운동장 가득 길고 슬프다.

자갈치 통신-4

이유경

파도에 얻어맞아 병신 된 방파제 위로
남항대교가 무지개처럼 떠서
높고 긴 다리의 꿈을 한껏 펼치고 있습니다
수십 년 맴돌아 온 내항에서는
어제처럼 기다림에 지친 돛대들
서로 밀치다가
시시해진 얼굴로 자갈치를 향해
뱃고동이야 울거나 말거나! 하고 있고
갈매기가 다리 밑 뒤지며 끼룩거립니다
　“---부우---부우---부우---”

기억의 연鳶

이은경

숨 막힐 듯 절박한
그 어둠 속에서도
두 손으로 움켜 쥔 꿈 하나로
목숨 지탱하는 방법 익히고
간직하였다

옷소매 흠뻑 적시는
뜨거운 이슬방울
버무리고 간추리면
쓰라림을 도색塗色하는
푸짐한 미소가 되더니

수 없이 만들고
수 없이 날려 보낸
하늘 저 멀리
눈부신 연鳶의
날개 짓

더러는 비가 되고

더러는 포근한 눈발이 되어
메마른 텃밭에 다시 내려 와
촉촉하게 푸른 싹을 틔우는
기억의 연鳶이 되었다.

햇빛의 말을 들었다

이은유

햇빛이 비치는 창가에 앉은 건 햇빛의 이끌림때문이었다
그렇다고 햇빛에 초대받았다고는 말할 수 없다
어둠과 내통하다 잠시 햇빛을 염탐했을 뿐
아마 초대받았다고 해도 불청객에 지나지 않았을 것이다
햇빛은 어깨 위로 어지럽게 내리쬐었다
젖은 마음을 널어 말리던 살균 소독의 날들
아무 것도 들을 수도 볼 수도 없던 때가 있었다
언제부터였을까
햇빛이 내시경처럼 뚫고 들어오는데도 피할 수가 없었다
자꾸만 햇빛이 무어라 소곤거리는 것이었다
그날 햇빛의 말을 들었다
각도를 달리하며 내리 꽂히는 말들
햇빛의 수다에 귀가 따가웠다
햇빛이 얼굴 위로 쏟아질 때는 달콤한 졸음에 잠기기도 했다
햇빛이 왜 나를 이곳까지 이끌었는지 알겠다
어느 날엔가 이곳에 앉아 햇빛 한 모금 받아먹고 출렁거린 사람
있었을 것이다
그가 흘린 눈물 한 방울 한 숨 한 가닥 햇빛 속에 묻어 있었다
서서히 실어증 걸린 시간들이 몸 푸는 소리를 냈다

오래도록 이 자리에 앉았다 간 이의 숨소리가 깊었다
햇빛이 그 말을 전해 주었다

절반의 정상
— 천마산 등정기 .14

이인복

조금은 더 가야 하리
흔히들 시작이 반이라 말하지만
절반의 정상은 가파르기조차 하다

드디어 거기
야영터 급수장!
사람들은 물이 되고
물은 사람이 되고
아름들이 참나무 아래서
또한 사람들은 나무가 되고
나무는 사람이 되더라
그렇게 머무르다 노닐다는
마치 반환점인 양 돌아내려가는 사람들
그 사이를 나는
무슨 인연처럼 스쳐 지난다

도서관 간다

이인원

질기고 긴 문장 붕대로 꿈틀대는 그리움을
꽁꽁 殮해 두러 간다

과월호 잡지 신세 같은 쓸쓸함을
훌훌 거풍 시키러 간다

바늘 떨어지는 소리에도 깨서 보채는 외로움을
고문서 보다 깊은 잠재우러 간다

머릿속에 빼곡한 '너'라는 낱말을
모조리 삭제하러 간다

고전이 되지 못할 내 비밀을
고전 속에 암호처럼 밑줄 그어두러 간다

끝내 못다 읽은 어떤 사랑이야기를
아쉽지만 기일반납 하러 간다

온갖 잡다한 사연 다 끌어안고도 의연한 도서관을
눈꼽 만큼이라도 닮으러 간다

눈 내리는 날

이인평

눈 내리는 날
노인정으로 걸어가는 어머니의 발자국을 보네
먼 훗날
내가 걸어갈 길에 찍히는 발자국이네
어머니의 발자국 눈에 지워지고
내 발자국도 지워지고
어머니와 내가 연달아 한세상씩 지워지고 나면
이 눈길, 하얀 겨울의 그리움을 누가 추억해 줄까
눈 쌓이는 겨울이 올 때마다
종착역 같은 노인정에서
파뿌리가 된 머릿결을 넘기며
아무렇게나 누워보는 노인, 노인, 노인들이 걸어온
발자국을 바라보며
하얗게 지워진다는 것이 얼마나 슬픈 것인지를
누가 생각해 줄까
눈길에 지워지는 노인들의 발자국이
하나 둘 꿈속으로 걸어 들어가는 설경이네
잠든 노인들을 바라보며
꿈속 아득한 길을 따라 걷는 내 발자국도 지워지는
설경이네

備忘錄 2

이일향

봄 여름 가을 겨울
살아온 길 꿈은 추웠어라

영혼이 나비가 된다면
앉을 자리 어디 있을까

막막한 넘어야할 언덕은
또 얼마나 남았을까

이래볼까 저래볼까
홀로서 다독이는 마음

허허한 황량의 벌판
목숨의 길 더듬으며

마른 풀 뿌리에 걸려
휘어지는 이 강기슭.

간장 담그는 날

이자규

지난 해는
내 문장의 요소가 너무 싱거웠다구요
관념 같은 풋콩이 많았드랬지요
입방아태풍을 견디기가 어디 그리 쉬운가요
오갈병 든 깍지 속 서투른 자음 모음을 제 먼저 알아서
눈물 굵은 도리깨질과 가마솥 불지옥 거쳐
좋은 탄생이란 그저 골방에서
온 몸 맨 걸로 진통에 들어야지요
자궁을 빠져나가듯 끓어올라서
영양학적으로 말하자면 곰팡이의 효과겠지만 일단
비워두었던 장독 안의 먼지 낀 미완성들
잉걸숯으로 몰아 내야지요
내 몸 속 비릿한 냄새들도 태워주세요
바람 눕힌 삼월삼질 한 낮
옛살라비야 아리랑조로 탱탱하게 햇살 잡아당겨
광합성하는 잎사귀처럼 소금물과 숯이 합방
찐하게 몸 섞는 날
아무래도 수상쩍다구요
눈금 자주 깜박거리는 염도계를 나무라며

씨알 굵은 고추 한 쌍도 빨갛게 달은 얼굴로 뛰어드는데요
이제 한 문장의 맛을 잡고
한 석 달쯤 죽어 보겠다구요, 제발

국수

이재무

늦은 점심으로 밀국수를 삶는다

펄펄 끓는 물속에서
소면은 일직선의 각진 표정을 풀고
척척 늘어져 낭창낭창 살가운 것이
신혼 적 아내의 살결 같구나

한결 부드럽고 연해진 몸에
동그랗게 몸 포개고 있는
결연의 저, 하얀 순결들!

엉키지 않도록 휘휘 젓는다
면발 담김 멸치국물에 갖은 양념을 넣고
코 밑 거뭇해진 아들과 겸상을 한다

친정 간 아내 지금쯤 화가 어지간히는 풀렸으리라

앉은뱅이꽃

이재훈

일부러 가부좌를 틀 필요는 없다 당신은 감각의 수행자, 당신의
세상은 불구의 시간이 시작되는 때, 눈을 감아도 또렷이 기억나는
게 있다 나폴레옹이 조세핀에게 반했던 제비꽃 향기처럼 당신, 들
릴 듯 말 듯한 냄새 당신의 냄새를 들었다 노란색 코트가 아니라
감미로운 목소리가 아니라 당신의 발자국처럼 저 멀리서부터 두근
거리는 냄새 눈을 감아도 또렷이 기억나는 게 있다 그러나 당신의
향기는 잠시 머물렀다 사라졌다 부재不在는 그리움의 양식 바이올
렛 향기로 내 몸이 건반처럼 울렸지 잠시 뿐이었지만, 덤불 속에서
상채기를 핥다가 취한 당신의 냄새 적어도 당신의 몸에서 육식의
냄새는 나지 않았다 다른 꽃으로 환생한다해도 이미 알았던 것 우
주에서는 아무도 당신의 비명을 들을 수 없음을*

* 우주에서는 아무도 당신의 비명을 들을 수 없다: 리들리 스콧 감독의 에이리언(Alien)

무화과

이정란

무화과가 탐스럽게 열렸다는 남부 지방 소식을 듣는다
커다란 잎과 과실 껍질에 가려
꽃도 없다고 오명을 쓰고 있는,
어느 해 저녁 잠깐
활짝 열려 쏟아져 내리던 무화과가 생각 났다
김소희 명창의 구음시나위를 혼자 듣기 아까워
세면실 문을 활짝 열어젖혔다
마침 목욕을 하고 있던 어머니
좋구나 하면서 장단 맞추어 몸을 씻다가
겨운 흥을 어쩌지 못하고 일어나
나붓나붓 춤을 추었다
속살 주름 사이사이에 바알간 등이 켜지고
사랑을 마감한 지 오래된 배꼽에서 신명의 알들이 쏟아져 나왔다
침이 가득 고인 내 입에선 새콤한 웃음이 오,호,호, 터져 나왔다
열매의 속자리 넓게 만들어 주느라
한구석에 웅크리고 있던 따뜻한 배려 한 송이
저 세상으로 건너가고
내 배꼽 언저리에 알갱이들
잘 익은 웃음을 참고 있다

매화 향기

이정자

내가 당신을 바라볼 때는
그냥 지나치시더니
꽃 피고 지는 시절에
어인 일로 그 눈빛
오래 건네시는지요

눈빛과 눈빛이 마주하면
마음과 마음이 마주하면

봄비 젖어드는 자리
새순 돋 듯 새싹 트 듯
다시 봄이 와
우리 사이
매화 향기 만발하겠습니까

비 오기 전

이정화

명랑하던 꽃들이 입을 다물고
나뭇잎들은 순순히 고개를 숙인다
물빛 프리즘으로 가라앉은 풍경을 끌고
바람은 창 앞에서 서성거리고
지금은 집중하기 좋은 시간
집으로 돌아가기 좋은 시간
차용한 시간의 눈빛이 그윽해진다
다 털어 놓고 싶다

장강長江

이정화

아시아주 상공의 비행기 창에서
대륙을 내려다 보다
저 거대한 손바닥을 가로질러
넘실대며 꿈틀거리는 장강長江
무릇 한 생生의 운명선이란
저 정도는 도도하고 확실해야지

땅 위 부대끼는 직립의 나날 속
눈물 맺힌 얼굴을 무심히 쓸거나
노동의 손바닥을 펴면
비치지 않는 맑은 눈동자
모롱이 많은 탁류만
불운처럼 끊어질 듯 끊어질 듯 이어져

버스를 기다리며

이진숙

오지 않는 버스를 기다리는
파리한 눈동자들이
모든 것을 생략한 요점정리처럼 튀어나와
시간의 창고에 쌓이고 있다
단지 몇 초 후에
반가이 문을 열어주며 미소를 띠는
버스가 있다 하더라도
지금은
가려진 장막처럼
매운 연기만이 흔적처럼 다가와 있을 뿐이다
버스는
오지 않을 것이다, 오지 않는 버스를 기다려야 하는
끝없는 기다림에 대한 원망만이
이 순간을 지탱하고 있을 뿐,
끈적이는 기침 소리를 들으면서 콜록대다가
더욱 뜨겁게 콜록거리다 목이 쉰 채
오지 않는 버스를 기다리는 일은
우리들의 시간을 지탱하는
뜨거운 기원일는지도 모른다

山天齋*에서

이진홍

소나무 두엇 서 있다
재실을 비껴서 흐르는 강물 위
삐죽이 나온 돌에
햇살이 길게 찢어진다
아무도 없는 마당에서
멀리 눈 덮인 천왕봉을 본다
쭉 뻗어서 몹시 차가운
혼자 가는 길

* 산천재(山天齋): 경남 산청군 덕산에 있는 남명 조식의 말년 은거지

西 窓

이창범

어슴새벽 잠이 깨여
그리운 사랑의 마음이
나래되어 그대의 가슴에
영글어 띄우고

깃밝이黎明 좌정하여
엉겅퀴 냉가슴
그리움은 더하고 안개 되어
가슴은 긴 여정

한뉘나 뒷자리
쇠창살 너머로
편편히 나르는 낙엽 한 잎
서성이는 그리움 생각하라.

심장을 팔다

이창숙

더운 피로 가득 찬,
너는 무찌를 대상이 아니었어
오고 가는 길목이 있어
어디 만나 볼 수나 있어야지
가슴에 숨겨진 채
멈출 수 없는 불안을 먹고 살다
그리운 사람이 사는
흙으로 돌아가는 것
기쁘기만 한 것들 보다
슬픈 것들을 두근두근 만져보게
내 목숨을 담보로 한 수 년

심장을 조금 떼어 팔아 버리기로 한 날,
뜬 눈으로 병실 밖을 지키고 있는
새벽어둠이, 체념은
차고 어두운 수술대위에서
몸 곳곳에 구멍을 내고
한 움큼인 불안을 들여다보다
미세한 전류로 생의 파산을 실험하다

뻐근하고 두근대던 슬픈 것들이
이젠 '살아야겠다'
겨우 며칠 만에 규칙적으로 기침하는
심장소리를 듣는 낯선 하루

배꼽

이춘원

지난 한달 동안
나의 화두는 배꼽이었다

어머니의 생명을 나누었음의
흔적, 배꼽은
지금 나에게 있는가 없는가
슬며시 손을 넣어 더듬어본다
헌헌장부軒軒丈夫 되라시며
스스로를 자르시던
그 사랑의 흔적을

세상에 찬바람이 불거나
절망케 하는 상처를 받아
삶의 중심이 흔들릴 때
나는 나의 배꼽을 생각한다
아직도 홀로 설 수 없음에
어머니의 복중 그 깊숙이
탯줄을 이어놓고

가끔은, 정말 가끔은
그 사랑에 줄을 대고 울어본다

구룡포에서 · 35
─그 날 바다, 심한 파랑

이충호

너희가 죄 없으면
등뒤에서 나를 쳐라

그 날 온종일 바람불고 파랑일어
거친 막말과
등뒤에서 목을 감는 비열한 파도의 손들이
눈에 불을 켜고 길길이 날뛰는 물길에 서서
바다는 꽃을 피워
마음에 꽃을 피워 하늘을 보았다

갈라지고 찢어진 물의 숲가에
저마다의 가슴에 서슬 퍼런 비수를 품고
달려오는 바람 속에
사분 오열 파도가 파도의 몸을 가르고
음모와 저주로 길은 어두워져
쏴―아 쏴―아 울고 있을 때
바다는 물에 물을 보태 다시 안으며
화해와 용서로 넉넉히 팔을 벌려
바람마저 다시 안으며 말하였다

너희가 죄 없으면
진정 죄 없으면
파도의 칼이 되어 나를 쳐라
밤새도록 나를 쳐라

헐거운 몸

이충희

가볍고 가벼워
민들레 홀씨 무개나 될까 싶은
그 가벼움의 홀가분함 같은
몸 헐거워
전화번호 하나 간수 못하고 흘러내리네
206개 뼈 마디 마디 어긋나 도리없네
드라이버로 조일 수도 없네
너트 닳고 닳아 재생 불가능이네
구멍 숭숭 뚫린 뼛속 바람 소슬해
간절하던 희망조차 기억 못하네

잡균 창궐하던 시절 아득히 건너
당도한 내 거처 寂 . 寞 . 空 . 山
마음보다 앞서가는
내 몸 알아채고
이리 헐거운 거
놓고 가라는 귓띔이네

자분대던 저 오랜 교신 감지하지 못하고

적멸에 드는
누추한 내 몸 헐겁다 나무라다니

비 오는 날

이태문(필명: 이소백)

구름 저편 계시는
부모님 생각난다
빗속에 비틀거린다
하늘나라 이야기 듣고 싶다
비오는 날은
헤어진 물방울이 그리워서
껴안는 날이다
삼겹살
찬 소주
차갑게 언 소주가 그립다
가슴 골짜기
온종일
비가 내린다

하관下棺
-목월 선생께

이태수

아우 먼저 보내고
관에 흙을 뿌리며, 선생님처럼
'좌르르 하직' 했습니다. 아우는
눈감으면서도 그랬듯이 아무 말 않고
말을 다 잃은 나는 아무도 안 보이는 데서
얼마나 서럽게 울었는지요. 울고 있는지요.
봄날인데도, 선생님 말씀대로
'여기는 눈과 비가 오는 세상' 입니다.
모든 게 무너지는 세상입니다.
왜 그렇게 떠나야 했는지, 아우는
여기에서의 그 빼어남 펴다 말고
모두 팽개쳐 버리면서
형님! 하는 목소리 한 번 들려주지 않고,
처자식은 도대체 어쩌라는 건지. 불현듯
'초월적 지상' 을 '지상적 초월' 로
바꿔 버렸습니다. 선생님, 아프게도
'다만 여기는 / 열매가 떨어지면 / 툭 하는
소리가 들리는 세상' 입니다.
내가 툭 떨어져 흔들리는

그런 세상입니다.

* 주=「'초월적 지상'과 '지상적 초월'」은 얼마 전에 세상을 떠난

  아우(이경수)의 서울대 영문학박사 학위 논문 제목임.

북한산

이한용

빌딩이 마천루처럼
올라가는데도 북한산은 말이 없다
자동차의 범람이
위험 수위를 차는데도 말이 없다

무구한 세월은 이끼를 내리고
골짜기 골짜기는 태고의 상형문자였다
태곳적 그 사상은 깊고도 은연하다

일렁이는 한강 연안으로
들이닥치는 글로벌 밀물에
반만 년을 닦아온
청동의 빛살을 멀리서 드리우고 있다

산 중의 산, 북한산은
우주에서 온 거인이었다
산중의 산, 북한산은
높고 푸른 저 하늘에 눈이 부시다

한 사내

이한종

남이섬 산책로는 단풍으로 타고 있다 간간이 불꽃이 흩떨어진다 뚝뚝 떨어지는 불꽃이 남이섬 산책로에 붉은 무늬로 남는다

동쪽 강가에서 뱃터 까지는 멀다 한 사내가 기차에 오른다 기차는 꽁무니에 제 그늘 칸칸이 달아매고 간이역을 떠난다 강바람에게 몸을 연 단풍나무 숲을 지나 방가로가 보인다 바람피던 방갈로가 민망하게 옷을 여민다 해질무렵 기차는 남이역에 닿았다 플랫폼에 가로등 하나 서 있다 램프 끝에 달린 이슬이 손을 놓는다 이슬 떨어진 자리 가을의 때 벌겋게 묻어난다

사람들의 행렬이 플랫폼을 나와 뱃터로 향한다 뱃터로 가는 소롯길에 낙엽이 秋史체로 흩날린다 한 사내가 툭툭, 낙엽을 차며 걸어가고 있다 「야 너, 나를 무자비하게 차버리고 가도 되는 거야?」 낙엽 하나 소리친다 그러나 그는 관심이 없다는 듯 배에 오른다 뱃터까지 따라온 낙엽들이 새 떼 되어 배에 오르려 깃을 파르르 떤다

자목련

이해웅

봄 이맘때쯤 그는
목포 갓바위 아래
남농南農*의 열두 폭 병풍 속에서
자목자목 걸어나오고 있겠지
실눈 가볍게 뜨고
봄 햇살에 눈 찔리며
옹근 가슴 열어 보이겠지
종소리 사이사이로 버선발 내디디며
숨소리마다 달빛 묻어 떨어지는
뜨락
그대 지금 이 길이
황천길이어도 좋으리

* 남농: 진도 출신. 본명 허건. 남종화의 대가.

  목포 갓바위 아래 남농유물전시관에 전시되어 있는 12폭 병풍에는 새봄의 산수화가

  생동감 있게 그려져 있음.

겨 울 여 행

이해주

무리를 떠난
한 마리 늑대
설원雪原을 달린다.

여기가 어딜까
어디서 와서
어디로 가는 걸까

차창에 비친
내 얼굴 보며
잊었던 나를 찾는다.

눈 뜨고도
깨어있지 못하고

털어버리고도
열리지 않는 마음
어느새
열차는 협곡을 빠져나와

바닷가를 달리는데

눈보라가
창문을
때리고 있다

진흙 속으로 깊이

이향지

  꽃 올린 뒤에는 구멍만 숭숭해지는 연뿌리같이
빈 길 많은 몸이다

  뿌리 끝의 숨을 모아 꽃의 중심까지 꽃과 열매
를 밀어올린 흔적

  마디에서 마디까지가 꽃 한 송씩이다

  한 마디 분질러 칼로 잘라보면 자른 숫자만큼의
바퀴가 굴러나온다

  꽃으로 왔던 사람들 열매로 익어서 떠나간 흔적

  꽃잎을 뭉개고, 연실은 익어 북소리 터트렸지만,
축 잃은 바퀴들은 제 열매의 모습을 구멍에 아로
새겼을 뿐이다

  구멍은 뚫렸으나 하늘을 울리지 못한 악기들은
우왕좌왕 흘러간다

　밤마다 꽃을 닫고 더 깊은 진흙을 마셔야 닿을
수 있는 소리가 있다

내 눈도 별이 된다

이화국

눈 내리고 비 내려도
별들은 살아 있다
내가 죽음이라 부르던
모든 것의 이름 위에
별들은 살아 있다
살아서 반짝이며
하고 싶은 말 신호 보낸다

그 때마다 심장의 피
피라미처럼 뛰고
세상이 썩어
눈 줄 곳 없을 때
고개 들면 거기
별들은 살아서
나와 눈 맞춘다

입보다 더 많은 말
오가는 중
그럴 때 내 눈도 별이 된다.

옛 가마陶窯터

이희선

가마는 몇 날 뜨겁디 뜨건 불의
그것을 품고서야 예쁜 자기瓷器를 낳았다
천년 빛을 안았다

너무 늙은 가마는
자기瓷器를 낳을 수 없음에
낡은 치마 자락에다 천년 빛을 깊숙이 감추고
가끔씩 사금파리로 그때의 추억을 들춰내곤 한다

굴 먹기

임만근

굴을 먹다 우연찮게 생각해 낸 기항지寄港地
그곳은 어디든 좋다
굴의 속살을 꺼내먹는 방법
위서 아래로 껍질을 몇 낱
꽃잎처럼 벗겨먹기.
아예 꼭지 부분 한 가운데를 꼭 눌러
반쪽을 쪼갠 후 속살을 꺼내먹기.
아무튼 먹긴 먹는데 희한하게도 맛이 다르다
속살을 먹는 방법도 여러 가지
한 쪽씩 떼어내 야금야금 먹기.
여러 쪽이 붙은 채로 질겅질겅 씹어먹기.
아예 하나를 통째 입안에 쏙 넣고 설겅설겅 씹어먹기.
먹는 데만 신경을 쓰다보면 맛을 잃는다
손끝에 묻어나는 멋 속에 녹아든 참맛
사는 데도 맛과 멋이 있다
우리의 생도 까딱하면 멋을 잃고 만다
멋을 잃은 기항지에는 광풍과 삭막이 나를 기다린다
해일을 동반한 바다는 산을 먹고
어둠이 회오리바람같이 온 세상을 먹어치운다

지퍼에 대한 명상

임명자

나와 너를 구분하지 말았어야 했어
좋고 싫음을 구분하지 말아야 했어

입으려 해도 난감
벗으려 해도 난감한
엇나간 물림

이리 저리 안간힘 쓰며
비틀어 볼수록
더욱 완강한 요철凹凸의 저항
점점 마음은 뻘밭으로 치닫는다

벗기만 하면 해탈이다

카르마*에 끼인
오! 무서운 나일까 싶어
급해진 마음이 시간을 더듬는다

그 엄청난 道의 길이

이리 작은 지퍼 안에도
숨어 있을 줄이야

널브러져 다음 생을 기다린다
통째로 벗어 던진 옷자락
아득히 눈물겹다

* 카르마: 업

난곡지에서

임승천

바람 되어 잠시 머물다가는
난곡지 가까운 들녘
소리 없이 흐르는 가는 도랑 속 비친 하늘로
거슬러 흐르는 송사리 눈길

잊혀져 가는 유년의 일들이
가까이 다가와
우렁이 가는 거리만큼 기어가고 있다

물왕리 저수지 지나
거기, 지나는 바람도 지나
차분히 앉아 수런대는 연잎의 소리

잠깐 왔다 돌아가는 일로
반짝이는 눈빛 속 풍경
내밀의 아픔과
화려한 고민 속에서
익어가는 벼 한 알 한 알 속
끊이지 않는 수많은 삶의 이야기

난곡지 연꽃잎 스치는 바람일 뿐
잊혀지는 그 너른 들녘의 숨소리
서둘러 떠나는 아득한 시간 속 여행

符號들!!

임재춘

낡은 나의 집엔
새어드는 소리가 많다
자꾸 만져도
졸졸 새는 변기의 물소리
물음표처럼 끈질기다
오래 전에도 들은 적 있다
방하나 부엌 딸린 작은 자취방
얼지 말라고 졸졸 틀어놓은
수돗물소리
얇은 벽으로 새어드는
차가운 바람소리
귀를 막자면 몸은 동그란 부호가 된다
장래에 대한 의문부호?
바람결에 후 두둑
떨어지는 지붕위의 빗소리
불규칙한 그림이 되며
오래 된 천정으로 새어 든다
내 오랜 부호들이 반란을 일으킨다
의문부호는 점점 작아지고,

봄비 젖은 느낌표는 수없이 퍼져나간다! 튀어나간다!
넓게 물결치는 보리밭 둑의 바람이 된다~~~
민들레 꽃잎에 눈을 뜨는 말줄임표들.....
내 안의 부호들, 봄바람에 날아간다.
달아난다

노을 속 철새 떼

임지현

검은 것도 저리 아름다울 때가 있다.
아득히 보이는 물 끝
망원 렌즈로 주변을 샅샅이 드려다 보아도
보이지 않던 새 떼

어둠이 바다 속까지 차 오르는 순간
까만 것들의 섬세한 날개 짓 몇 초 사이
연기처럼 떠오르다 자취를 감추어 버린다.

그 작디 작은 심장을 지닌 것들이
한 뜻 모아 아우르는 군무 떼
까마득하게 피어 올라
가늘게 혹은 부채살 펴듯 환상적인 몸짓

눈을 감아도 눈을 떠도
지워지지 않을 풍경 눈 안에 새겨 넣고
열려 있는 바다의 아우성
닫혀있는 바다의 고요 소통 시키는
확 트이는 하늘 렌즈로 보았다.

자기 공명 영상MRI

임평모

죽어서 겪는 저승길이다
옛 무덤 속 연도에 밀려들어가는 관 속
옴쭉 달싹 못하는 단절의 밀폐 속의
수많은 영혼들이 드나들던 4차원의 외로운 여정

염하듯 귀 막은 청각 속을 후비는
한 세대에 경험한 격전의 총성들
따따따 탕탕탕 따꿍따꿍 쾅쾅쾅
뇌 속에 눌어붙은 죄를 쏘듯
따발총 기관총 따꿍총 기관포의 집중 사격
간간이 고문하다 지친 회유의 음흉한
취조관인 듯 피어오른 담배 연기빛깔의
엉덩이 들썩거리는 경음악도 들려온다

드디어 내 손등에 조영제 주사약이 들어가고
동면의 또아리튼 뱀 나의 뇌 속
온갖 허물을 또 쏘기 시작한다
손이 발이 되게 빌어도 소용없고
항복의 흰 깃발 든 지친 뇌 세포의 원자들

염라대왕의 심판만 기다릴 수밖에

앞으로 나타날 신병기가 언젠가는
내 마음속까지 까발릴가 닭살이 돋는다
지금부터라도 허욕과 아집일랑 버리고
하늘의 대령大靈앞에 무릎 꿇은 채
사랑의 빛으로 살아가야겠구나

흔들리는 바위

임효림

저 우람한 바위도 때로는 흔들린다.

땅속깊이 뿌리를 박고
뜨거운 태양열에 몸을 달구어
향기를 꾸어내는 바위

바람에도 꿈적 않고
천지가 진동해도 태연한 그 바위도

찾아와 눈물 흘리는
고달픈 삶의 진실 앞에서는
어쩔 수 없이 흔들린다.

요동치는 몸짓이 아니라
미세한 떨림으로
사랑을 가진 자만이 감지하는
그런 느낌으로 조용히 그저 조용히
흔들린다.

삼척탄좌 독신자 아파트

임희숙

도계 지나가는 길에
검게 그을려 버려진
저 아파트에 가 살고 싶네
혼자 몸 된지 오래인 빈 집에 들어가
외롭고 서글픈 시간을 씻어내고
탄가루로 가려진 창의 먼지를 닦아내면
홀로 살기에 알맞은 방이 생길 것이네
제대로 된 살림살이는 없어도
두 사람 몫의 쌀을 안치고 찌게도 끓이면서
혼자 있어도 외롭지 않게 준비 하겠네
아침에 일어나 창문을 열면
바람도 두 사람 몫으로 불어주고
새도 두 마리가 울어주면 좋겠네
모두 떠난 뒤에 저 혼자 늙어가는 아파트
누구나 들어가 살기에 너무 좋은 집이지
혼자 살아도 외롭지 않은 집
싸리비로 방을 청소하고
방망이를 두드려 걸레도 빨면서
저녁이면 바쁘게 쌀을 안치는

삼척탄좌 독신자 아파트
그 친구와 함께
늙어가는 시간이 있네

하롱베이의 아침
–일출

장기연

뿌옇게 깨어나는 하롱베이의 새벽
어디선가 들려오는 닭 울음소리에
닫혀진 커튼을 밀치고 베란다로 나서니
졸린 눈 비비며 다가서 오는
더 없이 넓고 푸른 바다가 가슴으로 안겨든다
말갛게 씻기어진 맨 얼굴의 투명한 바다가
잿빛 구름 뒤로 불그스럼히 물드는 수평선
하롱베이는
그의 젖은 옷자락에 숨겨진 불덩이 하나
드디어 토해내고 있었다
더없이 찬란한 여명의 빛살
눈부신 하롱베이의 아침 그 바다를...

가을

장순금

태양의 오르가즘이 끝났다

서늘한 계곡에서
9월이 멱을 감는다

열망의 허물을 한 겹씩 벗겨내고
순한 맨살로 네 옆에 누웠다

눈꺼풀 사이로 무너지는
먼 산의 단풍잎들
한 밤, 목젖 깊이 달빛이 울다.

어둠 속으로 걸어가네

장종권

어둠 속으로 걸어가네
햇빛은 빛나지만 출렁이지 못하네
사라진 그대 모습 그리며
나 따뜻한 어머니 속으로 들어가네
제발 간지러워 보았으면, 저 빛나는 햇살
부디 허물어져 보았으면, 이 도도한 한낮
아예 지나가버린 하룻밤의 마른 꿈이었으면
숨어버린 그대 손 하나 촉촉히 더듬으며
나 편안한 천년의 어둠 속으로 걸어가네
화려한 청춘은 사춘기만큼 황홀하지 못했네
살아 숨쉬지도 꿈꾸지도 못했네
지난밤 투욱 스쳤던 오, 누구시던가
새벽이 오기도 전에 터져버린 꽃봉오리
아침은 왔으나 아침답지 못하여 미안하여라
어디선가 닿았던, 닿을 것만 같은 그대 머리칼 그리며
나 길 없는 어둠 속으로 들어가네
절름거리며, 훌쩍이며, 헛소리하며,
황송해 하며

내 생의 번지점프
―뉴질랜드에서

장진숙

벗어나고 싶었다.
발그레 상기된 아침노을 따라
새롭게 다시 살고 싶었다.

답답한 경계 안경 벗듯 놓아버리니
생의 모서리마다 툭툭 걷어차던
시린 안색의 사금파리 혹은 녹슨 쇠붙이 따위
혹은… 타다만 나무토막들… 우왕좌왕 외진
상처의 벽장문 박차고 나와 혼비백산 사라지는
만년설 터번의 산맥들 물끄러미 고요하고
유유자적 풍경 따라 얼크러진 시퍼런 강물
푸릇푸릇 바람손뼉을 쳐주는데
길 잃은 시간의 뒤통수치는
서슬 퍼런 파도여, 정수리의
피멍 진 사루비아 뜨겁게 피나니
소름조차 깊고 푸르고 서늘한 번개
어둑어둑 저문 전생이여

날개 옷 한 벌 지어

남십자성 푸르게 돋아나는
시리도록 맑은 저 허공으로
나를 건네 다오

떠돌이별

장하빈

꼭두새벽 잠에서 깨어나
무릎 꿇고 詩를 쓴다

물병자리 차지한, 저 핍박 받는 영혼들
입술 파랗게 질려 있는가

허공에 내친 말이 가슴 언저리 상처로 돋아
먹통울음 되어 밤하늘 떠도는 것을
밥주머니 덜어낸 후에야 알았다

거짓부리끼리 만나 한참을 자지러지는
그런 날은, 예외없이 잠 설치고
한 줌 달빛 별빛에도 소스라치듯 깨어나
무릎 꿇고 詩를 쓴다

청계천 연가2

전경배

어젯밤 청계천을 거닐다
소복 입은 어머니를 보았다.
전란 중에 알 수 없는 아버지를 내 놓으라고
수시로 불려다닌 어머니
우리 오남매는 처마 밑 제비집 풍경.

세월은 그렇게 흘러
다니던 수송초등학교는 간 데 없고
그 자리에 종로구 청사가 무심하게 서 있다.

종전 후
청계천은 가난한 사람들의 천국.
하꼬방이 더덕더덕 깍지를 뜨고
신음하며 버텨가던
지구상에 가장 가엾은 나라 대한민국.

그때의 슬픔이 노래되어 나에게 오고 있다
그때의 눈물이 청계천 되어 흐른다

길목 카페에 앉아
커피 잔 속에 떠오르는
오색찬연한 문명의 거리를 거닐며
서른다섯 꽃다운 나이에
요절한 어머니를 맞으러 길을 나선다.

생애生涯

전길자

길게 이어진
몇 겹의 고통이
덕장에 걸려 있다
내장 다 빼버리고
얼었다 녹아내리기를 반복하지 않고는
제 값을 받을 수 없다
살얼음 품어야만 제 맛을 내는
빳빳하게 긴장한 삶이어야 깊은 맛 우려내는 생애
한번쯤 덕장을 빠져 나가
겨울바람 피하고 싶었을까
한번쯤 사랑에 녹아
허물어지고 싶었을까
하얗게 쏟아지는 눈발 끌어안고
곧추서서 기다리는
먼 날
아버지의 아버지가 그렇듯.

도자기 울음
—李參平

전순영

돌아가고 싶다

　여기는 일본 오사카 李靑堂　지붕 아래 나를 앉혀놓고 꽃방석에 앉혀놓고 여름이면 초록바람으로 겨울이면 명주바람으로 어루만지며 기다린다 내 가슴 열리기를, 사백여 년 후지하라가 대대로 귀를 모으고 있다 무릎 꿇고,

　내 가슴 풀어놓을 곳은 저 남녘 황토빛 아리랑 고개 겨울을 온 몸으로 휘감고 가던 깊게 패인 골짜기 그 산하에 드러누워 살이 되고 싶다
　도살장으로 끌려가듯 끌려가　피 흘리던 내 뿌리, 배꽃 같던 내 뿌리 그 혼이 나를 열 번 천번 채로 바쳐서 몽글은 입자 되어 반죽되어 천 도 삼천 도 불가마 속에 이 삼 평 얼굴로 태어났다

　이 땅은 여관방, 돌아가야 한다 내 뿌리의 뼈가 산이 된 이 땅이 울고 있다 방울방울 떨어지는 눈물이 후지아라가 가슴에 구멍을 뚫고 있다　아리타를 바라보며 산 위에 서 있다 아니 뼈 위에 서 있다

내 눈물이 후지하라가 등을 뚫고 빠져나가는 날 그날 뛰어가리라
황톳빛 풀어놓은 내 땅으로

수면사睡眠寺

전윤호

초파일 아침
절에 가자던 아내가 자고 있다
다른 식구들도 일 년에 한 번은 가야한다고
다그치던 아내가 자고 있다
엄마 깨워야지?
아이가 묻는다
아니 그냥 자게 하자
매일 출근하는 아내에게
오늘 하루 늦잠은 얼마나 아름다운 절이랴
나는 베게와 이불을 다독거려
아내의 잠을 고인다
고른 숨결로 깊은 잠에 빠진
적멸보궁
초파일 아침
나는 안방에 법당을 세우고
연등 같은 아이들과
꿈꾸는 설법을 듣는다

염전에서

정공량

  바람이 불 때마다 한쪽 염전에서 물결이 출렁인다 다른 한쪽의
염전에서는 소금이 태어나고 있다

  누구나 한때 부모의 속을 상하게 하던
어린 시절이 있었을 것이다
생활에 지친 부모의 속도 미처 헤아리지 못하고
그 속의 속 바닥 깊이까지 닥닥 긁으며
속이 속이 아니게 만들던 어린 시절이 있었을 것이다

  철들어 지나고 보니
이미 나는 부모가 되어 있었다
자식을 거느리고 그 자식이 나처럼 자라고 있다

  내 속을 내 속이 아니게 자식이 만들 때
나는 내 속에서 열을 올리며 소금 한 사발을 만든다

  우리 부모가 그러했듯이 쨍쨍 마음의 햇빛에 말린 소금 한 사발
을 만든다
  나는 이것을 눈물의 금강석이라고 생각한다,
  나는 이것을 드넓은 사랑의 진주밭이라고 생각한다

날아간 새

정기명

바람처럼 날아 왔다가
바람 속으로 날아간 새

평생을 나그네 되어
맴돌기만 하더니

꿈 깨고
눈을 떠보니
바람처럼 날아가 버렸네

다정한 목소리로
에미라 불러 보더니

부모 칠순잔치
좋아라 운운하더니

그 말이
가는 길에서
마지막 꿈이었구나

삶의 무늬

정길랑

끝없는 허공을 넘나들며
피고 지는 자연
순간은 영원으로 잇고
영원은 순간속에 잉태하여
모든 삶의 무늬
있는 듯 사라지고
없는 듯 다시 피어나는
생의 수레바퀴

거울속의 나를 보면
분명 나인데
어제의 나는 아니다.
오늘 나의 무늬는
무엇으로 다시 피나
시간의 강은 흐를수록
골은 깊어지고
점점 차가워지는 계절

내 삶의 무늬는
찬서리만 늘어간다.

호리병

정대구

나

너

안에

들어가고 싶어

너는 나를 호리는 호리병

너에게 사로잡힌 나를 본다

네 안에 들어있는 나를 본다

너는 투명한 유리 호리병

너에게 홀려 버린 나

자꾸 꽂히고 싶어

내 손 미끄러져

미칠 것 같아

중심을 향해

더 깊숙이

2003년 5월 14일

정 대 구

찾아가는 바다

정민호

수직으로 내리는 갈매기 때문에
바다는 다시 살아난다.

찌든 육신을 털어 바람에 날리고
뭍의 막다른 골목에 와서
파도소리를 듣고 있다 바다여.

거기 따뜻한 겨울 바다 속으로
떠오르는 갈매기 한 마리
파도여, 파도여,

나의 이 집요한 의지는
저 바다의 파도소리가 된다.
사랑의 눈물이 된다.

인디아, 내 마음의 릴리프 11
－아난다의 방

정복선

밀랍을 씹으면 아직도 향긋한 눈물맛이 있어요
모든 버려지는 것들에겐 눈물이 있어요
밀랍을 녹이면 쓴맛이 녹아요 향그러움이 녹아요
심지를 담그고 굳히고 또 담그고……
그 사이에 밀물이 오고, 가고, 또 와요
데칸고원의 아잔타 제26굴 열반상,
붓다의 발치에서 아난다가 쪼그리고 잠을 자요
뒤늦게 당도한 마하가섭만이 붓다가 쑥 내민
등燈을 받들고 속세간俗世間을 빠져나가요
혼자 남은 아난다의 방은 밀랍의 방이예요
꿀은 다 흘러내리고 밀랍은 버려져요
아난다는 슬픈 잠만 자요
밀랍으로 만든 양초에 불을 켜 봐요
아난다의 방이 녹아요 아난다가 녹아요
심지를 담그고 굳히고 또 담그고……
그 사이에 밀물이 가고, 오고, 그리고 밀물이 돼요

저기 혼자 서 있는 사람

정상하

저기 길 가에 혼자 서 있는 저 사람을
팔꿈치와 어깨 사이 저 아른거리는 허전함을
기다림으로 정지된 그의 물비늘 이는 눈 속을
그의 어스름을
하루가 뒤섞인 그의 체취를
살짝 닳아있는 손가방 모서리를
그가 닫아놓고 나온 출입문의 손잡이를
그의 비니니스를
그의 꿈을
그의 절망을
한동안 팔짱 끼고 다녔을 그의 지나간 사랑을
그의 노래를
그의 밤을
그의 허리 굽은 어머니를
푸르른 그의 고향집 앞 시냇물을
고무신 가득 잡았다가 놓아 준 그의 피라미를
나와 다른 저 사람을
나와 별로 다를 것 없는 저 쓸쓸한 인생을
건드려 보고 싶다

밥

정성수

왜 나의 밥은
허공에서 무르익은 공기가 아니냐
먹고 또 먹어도
왜 배가 부르지 않느냐
왜 나의 밥은
지구 위를 쉬지 않고 흐르는 실개천 물이 아니냐
먹고 또 먹어도
왜 헛배만 부르고 마느냐
왜 나의 밥은
저 우주의 햇빛이 아니냐
별빛이 아니냐
달빛이 아니냐
먹고 또 먹어도
왜 배가 고프냐
이 세상 투명한 것들은
왜 몽땅
밥이 되지 않느냐
한 줄의 시는
투명한 것이냐.

너무나 큰 너는
－에드먼턴의 하늘

정선기

어릴 적 뒷동산에 올라 하늘을 이고 놀았다.
하늘은 너무나 가벼워 나무 가지에 걸려 울었다.
산마루에 주저앉아 쉬어가는 구름을 데불고
파닥이는 하늘을 뒤쫓아 가면
하늘은 저만치서 손 흔들며 종종 걸음했다.
어릴 적 고향 하늘은 너무나 작았다.
손바닥만 한 도화지에 하늘을 죄다 그려 넣고
밤새 책가방에 넣어두었다가 아침에 학교 운동장으로 달려가
국기 게양대에 드높이 높이 걸면
쬐그만 하늘은 동해물과 백두산이 마르고 닳도록 펄럭였다.

캐나다의 에드먼턴* 하늘은 커도 너무 크다.
사람들은 혀를 내두르며 '빅 스카이' 라 불렀다.
쉬어갈 산 하나 없는 아득한 초원을 가득 채우고도 남아
구름을 희롱하며 이 끝에서 저 끝으로 끝없이 퍼져나가
최신형 디지털 카메라에 석 달을 담아도 다 못 담았다.

문득 까마득한 지평선을 홑이불처럼 덮고있는
파아란 하늘 끝으로 그리운 고향 하늘이

꿈처럼 날아와 옷소매를 부여잡고 눈물을 떨군다.

* 에드먼턴: 캐나다의 북부 알버타주의 주도. 2005년 여름 그곳에서 석 달을 보냈다.

숯을 태우며

정성완

저 머리속에
나를 사랑해야 겠다는
말을 찾기 위해
죽어간 뇌세포가 몇 개 있을까
저 가슴 속에
반짝거리는 사랑을 하다가 타버린
거짓말이라도 좋을
흔적 같은 것이 있을까

내 열정이
하얀 우유빛으로 녹아 흐르는
가고 싶은 곳
조각달이 와서 졸고 있다
그 몸체는 누구인가
알고싶은 것은 어디에 있는가
캄캄한 유리통을 만지며
발가락을 보고 웃었다

서점에서 꽃을 사다

정숙자

갈피마다, 행간에는, 음보에서, 음절에도 꽃수술향기 꽃샘향기
꽃받침향기 잎사귀향기 잎겨드랑이향기 줄기향기 뿌리향기

어린이 외국어 인문 잡지 정치/법률 취미실용 학습 사전 수험서
예체능 의학 자연 정부/연구소간행물 종교 컴퓨터

커피 한 잔 값이면 구두 한 켤레 값이면 옷 한 벌 값이면 강남의
초호화 아파트 한 채 값이면 한 송이 열 송이 백 송이 아니아니 열
수레 스무 수레 채석강이라도

서가와 서가 사이엔 이제 막 사랑을 시작한 사람 이별을 맛본 사
람 다음 사랑을 꿈꾸는 사람 또는 사랑을 모르는 미성년자

아하 나는 8개월 전에 칼 세이건의 『코스모스』한 송이를 샀고 동
생에게도 인터넷 구매로 선물했고 요즘은 밑줄 친 씨앗들을 노트
중이다 꽃잎/꽃잎 매겨진 쪽번호가 오순도순 동그랗다

선풍기

정 숙

불처럼 재촉하고 있다
언제부터 내 안에 자리잡은
욕망의 뿌리, 어서 들춰내라고

어느 꽃잎의 살결 보드라이 안고 있을
바람의 끝은 어디며
어린왕자가
장미가시에 물을 뿌리고 있을
그 사막은 또 어디인가를 알고 싶다고
밤낮으로 어르고 달래다가
윽박지르기도 하면서
날파람* 키우느라 허덕허덕
생의
절정을 향해

온 몸으로
제 목숨의 풍차 돌리고 있다

*날파람: 빠르게 지나가는 서슬에 나는 바람

2006, 폭설

정영숙

박 속에 갇힌 기막힌, 귀가 막힌 한 여자를 본다
무색의 막막한 속, 끈끈한 액질 속에 허우적대는
한 뼘의 간격조차 없는 곳에 누워있는 저 여자
사방 팔방 둘러보아도 길은 없다
새파란 싹을 달고 푸른 하늘 마시며
사통팔달 길을 내며 달리던 날 있었던가
풍경 소리 내며 달리던 은빛 바퀴살
구릉을 넘어 구름빛 서산에 걸리지 않았던가
파도를 타고 하늘로 치솟던 흰빛 상어
포물선 그리며 갈채 속에 곡예를 하던
천지를 울리던 소리 소리들
누군가 한숨에 다 삼켜버렸다
누군가 시샘하여 내 사랑 다 묻어버렸다
하늘인가 땅인가
아무 것도 들리지 않고 아무 말도 할 수 없는
무덤에 누워
무색의 어둠 속, 무욕의 날을 갈고 있는
무위無爲에 갇힌 저 기(귀)막힌 여자
말문이 막혀 먹통이 되버린 여자

아직은 겨울

정영운

화살나무 코르크 날개 바스러지는 소리
살풀이 끝낸 마른 숲이 칼바람 내려놓고
허리춤 가득 햇빛 채우는 소리
칼바람에 맞바람 피던 풍력 발전기 끄덕끄덕 조는 소리
소식 감감했던 들판 아랫도리에서 멋모르고 터지려는
한 生이 몸 뒤트는 소리
적어도, 한 생이라는 놈에게만은
섣부른 짓 하지 말라며 옷깃 꼭꼭 여며주고 싶지만
근지러워 달싹이는 입단속도 하고 싶지만
얼어붙었던 내 손도 아직 풀리지 않아 하루 종일
구들방 아랫목만 더듬고 있는 중이니 그러니
팔짱 낀 채 강 건너편이나 굽어 볼 수 밖에
아니, 감히 굽어본다고 말하지는 말자
간신히 고개 외로 빼고 엿보는 중이라고 말하면 모를까

흔적

정영주

집에 오니
옷자락에 쐐기풀이 잔뜩 박혀 있다
숲 속 몇 마장 들다 나왔는데
산자락이 나를 타넘고 간 듯
여기저기 내가 구겨져 있다

적막을 못 견딘 쐐기풀이나
슬픔을 못 견딘 내 아픔이
서로의 몸을 알아챘는지 모른다
서로의 상처를 슬쩍 바꾸었는지도

쐐기풀을 하나하나 뜯어내다
내 안의 가시도 찾아낸다
어느 날 무심히 몸에 달고 온
가시풀들이 불러낸 생의 문양들
지나가고 나면 깊이 찔린 것일수록
그 흔적에 더 손이 간다

사분의 일을 보다
−경주 남산.38

정일근

신라 왕릉의 사분의 일에 눈은 남아 있다
사분의 일이 답인 적분 문제 앞에서
나는 계산하지 않고 답을 안다
사분의 일만 눈이 남은 왕릉은
약속은 사라지고 사랑만 남은 슬픈 유사 같다
지난 밤 하분하분한 첫눈은 나렸다
서라벌 왕경에 첫눈이 오는 날
기다리겠다고 했던 사람 있었다
그 약속 천 년 전의 일인지
혹은 천년 후의 일인지 기억나지 않지만
나는 종일 왕릉 옆에서 돌짐승처럼 기다렸다
왕릉을 덮었던 눈의 사분의 일이 남았을 때
짧은 겨울 해는 웅크린 채 첨성대를 지난다
이제 엷어지는 햇살이 먼저 지우개를 들고
사분의 일만 남은 문장을 시나브로
시나브로 지우기 시작할 것이다
빛의 추운 마지막 맨발이 여길 지날 때
누군가를 기다렸던 사분의 삼과
누군가를 기다리는 사분의 일은 사라질 것이다

둥근 신라 왕릉의 눈이 녹는다는 것은
햇살의 길은 둥글다는 것
햇살의 길이 둥글다는 것은
약속의 길은 둥글다는 것
나는 그 둥근 길을 모두 되밟아 가고 싶다
왕릉에 남은 사분의 일은 남겨두고

冬至

정주연

전신주에 겹쳐지는 그림자 위로
갑작스러운 욕설처럼 사무치는 날들은
대개 그들만의 특색을 갖고 있다
추억 몇 장이 무작위로 펼쳐졌다 닫히는 소리를
먼 곳의 눈발처럼 지닌다던가 하는.
곧잘 빙판을 만들곤 하던 진눈깨비 잦은 십이월 꽃 노점상에
철없는 장미나 튜울립이 꽃잎을 해사하게 벌리고 있었지만,
가슴팍 헤집고 드는 동짓날 칼바람에도
평일은 추운데로 하루 이틀 줄어들고
사막보다 적막한 이상한 저녁거리.
평화로웠다.

다만 해 지고나면 더 무거워지는 것들이 있었을 뿐.
김막순할머니를 찾습니다. 치매. 글자 모름—
벽보 속 무표정한 할머니 사진 아래
다급하게 갈겨쓴 전화번호 첫눈에 젖는 따위
상관없는 수은등 위로 눈발은 점점 세차지고
등 뒤로 길이 사정없이 넘어간다
멀어져간다

삽

정진규

삽이란 발음이, 소리가 요즈음 들어 겁나게 좋다 삽, 땅을 여는 연장인데 왜 이토록 입술 얌전하게 다물어 소리를 거두어들이는 것일까 속내가 있다 삽, 거칠지가 않구나 좋구나 아주 잘 드는 소리, 그러면서도 한군데로 모아지는 소리, 한 자정子正에 네 속으로 그렇게 지나가는 소리가 난다 이 삽 한 자루로 너를 파고자 했다 내 무덤 하나 짓고자 했다 했으나 왜 아직도 여기인가 삽, 젖은 먼지 내 나는 내 곳간, 구석에 기대 서 있는 작달막한 삽 한 자루, 닦기는 내가 늘 빛나게 닦아서 녹슬지 않았다 오달지게 한번 써볼 작정이다 삽, 오늘도 나를 염殮하며 마른 볏짚으로 한나절 너를 문질렀다

간절기

정채원

사흘 후면 그대의 49재
아직도 이승과 저승 사이를 떠돌고 있을까
꽃은 져서 기린이 되고
기린은 죽어서 사람으로 태어나기도 한다면
그대는 떠나서 사슴벌레가 된 건 아닐까
신구大 곤충관 참나무 등치 위에서
죽은 듯 봄을 기다리는 사슴벌레
죽었나 들여다보면 눅눅한 참나무에 기대
간신히 살아 있고
눈 비비며 다시 들여다보면
썩은 참나무 속 깊이 알을 꼭꼭 심어놓고도
젖은 그늘처럼 잠잠한 그대
가는 것도 아니고 오는 것도 아닌,
머무는 것도 아니고 떠나는 것도 아닌 그대여
친구도 아니면서 연인도 못 되는 나는
아직 강 이 편에 이렇게 서 있는데
털코트는 너무 덥고
홑저고리는 너무 추운 이 계절
천 년째 두근두근 강 건너오는

봄날이면 나도 꽃잠 들고 싶은데

산 자와 죽은 자 사이
꽃샘바람이 분다

밤바다를 보며

정형택

사랑 깊은 밤바다
억겁을 살고도
그 넘치는 푸르름
속삭이는 밀어들
천년 사랑이란 저런가 보구나

살다보면 어찌 좋은 일만 있으랴
티격태격 좌충우돌
드디어는 바다 끝까지 뛰쳐나오는
그 무서운 노도질주
그러나 그건 잠시 마음 돌려
서로가 다시 어깨걸고
제자리로 돌아가는 모습
아아, 천년 부부란 저런가 보구나.

백자 달항아리 白磁大壺

−보물1424호. 삼성미술관 〈리움〉 소장

정호정

둥근 달은 누르스름한 물에 얼룩져 있다
안에서부터 배어나와 가장자리로 가며 짙어진
물은 해안선으로 보인다
달콤한 수정과의 계피물빛
감칠맛 나는 장김치의 간장물빛
어쩌면 달아달아 밝은 달아
달이 좋아 독작獨酌하던 이가
달과 주고받은 정겨운 말들의 물빛이다
자단목의 수풀이며 계수나무의 언덕
깊은 골짜기에 푸른 강물마저 흘려보낸
대지를 감춰 두고
굽이돈 해안선에선 수평선도 바라뵈겠다
맑은 하늘에는 점점이 구름도 떠가는데
달빛 아래 독작하던 이
그의 생애를 품은 유백의 달덩이 하나.

꿈의 부엉이

조구자

삶은 누가 이끄나요
금실 은실로
구슬을 꿰는 시간에
시계의 초침 같이 움직거려 생긴
또렷또렷한 눈과 귀와 부리는
내 안에 들어와
본성과 의지와 슬픔을 만나고
허망하고도 아름다운
내 영혼의 뜰에
누군가 꿈의 씨앗을 뿌리고 있네

바람의 넋

조남익

나는 무언가를 따라 갑니다
그것은 보이지도 들리지도 않습니다

내게 잡힌 땀 배인 손 따라
땅으로 삼천리, 하늘로 삼만리

나는 모가지가 없습니다
높이 매달린 휴전선의 효수梟首처럼

오랜 비바램에도 지우지 못하는
내 머리칼의 숨구멍

아무 지닌 것 없이 가벼운 몸
나 아닌 듯, 오히려 네가 나인 듯

절규의 진앙지震央地 찾아
나는 늘 무언가를 좇아갑니다.

나의 사랑 줄리아*

조동범

줄리아와 함께 소풍을 가는 유쾌한 휴일.

캄캄하게 웃으며 자동차에 담기는 나의 사랑 줄리아. 즐거운 표정의 소풍이 도로 위로 쏟아진다. 흥겨운 리듬에 담긴 줄리아의 눈빛이 유행가를 게워낸다.

오! 나의 사랑 줄리아.

맨발의 줄리아, 낡은 배낭을 뒤져 신문에 싸인 김밥을 꺼낸다. 지나간 날들이 김밥에 말려 쏟아진다. 차창 밖에는 검고 긴 건물들이 성기처럼 서 있다.

거대하게 발기한 건물을 헤치며 소풍을 가는, 나의 사랑 줄리아.

흔들리는 차창에 맞춰 배낭 속의 음료가 가볍게 출렁인다. 휴일의 도로는 찬란한 질주로 가득하다.

순간 저편으로 질주의 마지막이 날아오른다. 유행가는 여전히 즐겁게 돌아가고, 줄리아는 정신을 잃는다. 팽팽하게 어긋난 속도.

경쾌하게 굴러가는 배낭 속의 과일이 핏빛으로 물든다. 줄리아의 눈빛은 서늘하게 물든 리듬을 더듬고 있다. 파편을 밟은 도로 위의 햇살이 분주히 부서진다. 줄리아는 아직도 즐겁게 달리고 싶다. 즐거운 리듬에 맞춰, 흔들흔들, 창밖을 바라보고 싶다. 줄리아와 함께 떠난 소풍이 충혈된 눈으로 줄리아를 바라본다.

즐겁고 유쾌하게 해가 지는 휴일이 등을 돌리며 울음을 터뜨린다.
　검고 긴 건물의 귀퉁이에서

* 가수 이용복의 노래를 차용함.

여섯 번째 터미네이터
–홍길동 길들이기

조병교

(인성에 감염된 기계족의 배신자
정신 나간 홍길동을 용광로가 소환했다
버둥대는 환자를 포맷하고 초강력 백신을 줄줄 먹여
신 버전으로 빚어냈다)
잘 들어 홍길동
호부호형 못하는 병든 이름 버려라
이제부턴 '기계전사 제 6호'
이렇게 불러주마
명심해라! 율도국 거기는 불시착이야
21C 새 전선에서 기계천지를 열어라
공격대상 변경이다 탐관오리 그들은 아군이란다
꼬리치는 그를 앞세워 이젠 사람을 사냥하라
느림보 구름도 이 기회에 폐기하라
매설한 광선로를 빛처럼 넘나들며
우거진 철림 넘실대는 전파수 쟁강쟁강 쇳소리 가득한 과학낙원
둥둥둥 북채를 높이 쥐고 승전가를 울려라
지원군이 필요하면 분신술을 사용하라
허리춤에 걸린 게놈주머니
마구리 비비꼬인 무한생명을 흘리어

하등동물의 퇴역을 서둘러라
(짬이 나면 하늘의 묵은 별도 떨어내고
태양을 바꾼다며 용광로는 중얼댔다)

그 애, 그리고 나

조병완

핏기 없는 나에게 그 애가 나타났다
열일곱에 나는 멀찌감치 애를 태웠다
나와는 다른 종족만 같아 저 밖으로만 아득하였다
그 애를 보러 성당에 갔지만 안 보는 척 했다
성당의 종소리가 덜 성스러웠다
그때부터 나는 더없이 가난하였다
누구에게도 말할 수 없는 것이 되었다
그렇게 내 심대는 우습게도 창백하였다
쓸쓸하지 않은 사물이 없었다
쓸쓸하지 않은 풍경이 없었다
스무살엔 꿈을 챙겨 서울로 갔다
빈대 많은 방에서 응답 없는 편지를 몇 개월 썼다
몇 여자를 만난 이십대 후반까지도 언뜻 그 애가 생각났다
삼십 초반 고향에 갔다가 먼발치서 그녀를 보았다
시린 물이 가슴으로 스미는 걸 느꼈다
가자 이 촌놈아, 그녀가 서 있던 곳을 보다가 돌아섰다
그렇게 저 만치 남겨둔 게 다행이었다
이제 그녀 앞에 영영 서지 못할 것이다
나는 아스라이 빛나는 슬픔을 쓰다듬게 되었다

가을 입구에서

조병철

불영계곡에서 만난 바람은
분명
가을인데
예천 용문사는 아직도 여름이다
숨찬 가을이 뚜벅뚜벅 돌계단 오르는데
떠나 가리라
떠나 가리라
손짓만 하는 바람
하늘이며
땅이며
먼 길 돌아 온 듯
용문사 나무 그늘에 누워있는 바람은
아직도 여름이다

가을이 두려운가
바람아
가을이 오면 낙엽처럼 떠나는 사람 두려운가

자전거 타는 채송화

조석구

작은 풍경으로 앉아 있구나
서슬 푸른 정적
겸손이 지나쳤구나
화사한 꽃밭
엉덩이를 높이 쳐들고
은빛 페달을 신나게 밟는 채송화
펄럭이는 세월의 무덤
말해 보렴
뿌리 깊숙이 저렇게 서서
흐느끼는 백양나무 숲
계절은 빈혈을 일으키며 쓰러지고 있구나
충혈된 눈빛으로 분해되어
멸각滅却하는 뼈

말을 타다

조 숙

두 발도 아니고 네 발
애마부인도 벌거벗고 탄 말
여주 농업학교에서 말 탄다
엄마 등 말고 살아있는 것에 올라타기는 처음이다
말 키우는 말박사는
말을 걷어차며 모래 위를 몇 바퀴째 돌고 있다
당당하지 못한 사람 말은 듣지 않는다나
수련생이 끄는 말은 꿈쩍도 않더니
집에 돌아간다고 문 앞에 서 있다
뒤에 서면 놀라서 걷어차는 말
말고삐를 잡고 올라타는데
걸음 걷는 대로 등뼈가 울렁거린다
허리를 곧게 펴고
고삐를 최대한 낮추고
눈은 멀리 지평선을 찾는다
대륙을 향해 비무장지대 넘는다
멀리 꿈꾸지 않으면 떨어져 채일 것 같은 살아있는 말 등
지금까지 시에 실어 보낸 말이나
종이 위에 고백해 온 말들에

등뼈까지 울렁거리는 리듬이 있었나
누군가를 태우고 지평선 바라보게 했을까
꿈은 바람을 가르며 넓은 초원을 달리는데
내가 탄 말이 자꾸만 걸음을 늦춘다
초보라는 걸 대번에 안 것이다

무게의 쓸모

조숙향

에어컨을 튼 심야버스 안은 추웠다
팔에 돋은 소름을 끌어안으며
가방을 무릎 위에 올려놓았다
가방의 무게가 내 다리를 짓눌렀다
가방 때문에 다리에 쥐가 나면
나는 또 누군가에게 쥐를 풀어달라고 부탁하겠지
망상은 망상 위에 얹혀서 가방을 더욱 부풀렸다

나는 그 동안 이 가방 안에
빵을 넣고 우유를 넣고 두꺼운 역사책을 넣고
옷을 넣고 화장품을 넣고 지갑을 넣고
핸드폰을 넣고 큰 거울을 넣고 연필을 넣고 다니면서도
이 무게들이 나에게 무엇을 해주고 싶어했는지 몰랐었는데,

너무 무거워서 버리고 싶었던 내 가방이
심야버스를 타고 집으로 돌아오는 나를 따뜻이 잠들게 하였다

꽃분홍 침대

조영순

아이들이 두고 간 놀이터
더디게 어두워지는 물체들과 나 뒤섞일 때
신의 뜨거운 숨결 사물들을 관통하고 있다
긴 머리를 애인의 어깨에 편안히 기대앉은 망사스타킹
사내의 목에 매달려 흔들리는 낡은 티셔츠
뒤 돌아앉아 술 마시는 병든 넥타이와
반쯤 남은 생수병 베고 명상에 든 더러운 운동화
문자메시지 전송하며 재잘대는 책가방들
앙탈부리는 암 고양이들 꽃분홍 침대를 펼치고 있다
서로의 빈틈을 바짝 좁히려는 참 맑은 슬픔들 껴안고
그네와 미끄럼틀, 정글짐이 후끈한 몸 누이려는 불안한 하루
집으로 가는 길을 잃은 한 여름 밤
아뜩한 별자리에, 지금은 목하 열애 중

탁족도
−김달진옹에게

조정권

어느 늦저녁 나는
잎 다 진 山빛이 마을로 공하게 내려온 얕은 개울가에서
옛 어른의
발을 씻겨드리고 있었다.
개울가에는 피라미들이 떼를 지어 놀고 있었다.
어느 풀 구덩이에 사는 지
얕은 개울 바위둔덕으로 나온 피라미
구덩이 안의
살림살이가 들여다보이지 않아 좋았다.
처음에는 눈에 띄지 않았다.
그 조그마한 미물들은 너무나도 가볍게
개울가의 펑퍼짐한 바위둔덕 위로 흘러내려오는 맑은 물살을 순
식간에 거슬러 올라타고 위로 올라가고 있었다.
피라미들은 위에서 내려오는 물살에 다시 떠밀려 내려갔지만
그 중 가벼운 몇 마리는 무사히 바위타기를 하며 끝까지 올라가
는 것이었다.
그때 나는 노인에게 물어보았다.
물살 속으로 깊이 머리를 박은 피라미는
거의 다 흐름에 떠밀려 水落하고 있었다.

수십 년이 지난 이제
나는
내 가벼움이 천근만근처럼 무겁다는 생각이 든다.

현진건의 쑥국

조정애

고요한 삽짝거리, 무계정사 개들만 컹컹 짖고
300년 넘은 은행나무 두 그루 살아남아
슬픈 음영이 태초의 잎들 속에서 빛나고 있다
팔작지붕 겹처마 안방 툇마루
다 사라져버린 텅 빈 집에 봄은 오고
무정의 뜨락을 다시 찾던 날
말간 마당에서 쑥들이 다복이 자랐다
붉은악마 함성이 진동하는 광화문 밖
임의 자취 켜켜이 스며 있는 옛집에서
감동의 떨림 속에서 저물도록 쑥을 캐고
그 향기로운 쑥을 끓여 저녁을 먹었다
일장기 말소사건으로 징역까지 살고 나서
무영탑만 보듬고 살던 선생의 부암동 고택을
포크레인으로 한순간에 허물어 버린
그 문화 일등 구에서 나는 빙허를 마신다
인왕산 북악산이 양쪽으로 둘러서고
북한산이 멀찍이 물러서 있는 곳
오래된 산골짝에 등불 하나 켜놓고
나는 오늘도 운수 좋은 날을 읽는다

청와대길 걸으며 고목들 다 헤아려 봐도
경복궁 달빛에서 조선의 꿈 다 찾아 봐도
모두 흘러 보낸 청계천에선 더욱 볼 수 없는
'비어 있음'에 기대어야 하는 나의 문학이여!
나는 오늘도 뜨거운 현진건의 쑥국을 마신다.

집 없는 달팽이

주봉구

한번쯤
달동네에서 살아본
집 없는 사람은 안다
집이란 것이 그만큼
설움의 안식처란 것을

풀잎마다 이슬을 머금은
밤새워 가슴으로 문지른
천형의 흰색 실선
새벽의 경계가 다 그렇듯
추월은 금물이다

세상 밖
가시에 살갗이 터지고
짓눌린 피부엔 화농이 생길지라도

무릇 허허벌판에서
천형의 가시면류관

이 밤 집 없이도
편안한 잠 이룰 수 있다는 것은
얼마나 축복 중에 축복인가
구름에 덮인 꿈을 꾸리라

코스모스에 가까이 다가가 보니

주원규

연보랏빛 코스모스 화반 가까이
꿀벌 한 마리 날아든다
노오란 꽃술들 새로이 일어서고
근육을 풀어 꽃가루
섬세한 섬모를 풀어 놓는다

코스모스 꿀맛은 참말로 꿀맛인지
바람 재우며 내가 가까이 다가가도
꿀벌은 채밀 작업에 온통 빠져 있다

(고요하다, 이 밀회를 위하여 지구가
잠시 멈춰 있는 듯!)

사람 냄새가 가까이 다가듦을 꽃은 아는지
코스모스 연보랏빛 화반들을
슬그머니 오므린다

꿀벌을 품지 않았을 때는
아니 그랬던 듯 싶은데

옛날 짜장

지 순

나 어렸을 적 고모가 오시던 날
안성, 영성루에 가서 짜장면을 처음 먹어보았다.
그 때 먹은 맛있는 짜장면,
그것이 옛날 짜장이었을까.

여기 저기 붙어있는 옛날 짜장,
옛날이 붙으면 모든 음식이 맛있게 보인다.
옛날 국수, 옛날 수제비, 옛날 두부...
피가 잊을 수 없는 허기 옛날이란 글자에 붙어 있어
옛날이란 글자를 보면
입안 가득 끈끈한 침이 고인다.

입맛이 돈다,
침을 흘리며 옛날, 그 옛날이란 말이 음식에 붙으면
그 옛날 둥근 상에 둘러앉아
함께 밥을 먹던 식구들 그리운 식욕도 모이고,
먹고 돌아서면 배고프던
치열한 숟가락 허기도 돌아온다.

빈 묘

지영환

사람들의 가슴속에 있었던 그 혼魂이 빠져나가면
그는 술상 받았지요
흰 손톱으로 산세를 살피고는 반벙어리가 되기도 하였지요

꽃상여 가는 길에 내 바지가랭이에 걸리는 풀잎
팔영산八影山 자락에 오붓한 봉오리
그 가슴은 오붓한 아내의 가묘.

아내 사별 이후에 먼 풍경만 쓰다듬던 풍수쟁이는 이제 먼 산 쳐
다보았지요

잔디씨 홀로 날아가며
내 자전거가 매일 매일 지났던 길
오늘은 왜......, 페달을 놓쳤을까.

꽃놀이

지 인

봄날 아들을 데리고 꽃놀이 가서
아우라지 강물 위로 흰듯,붉은듯
흘러가는 복사꽃잎 바라보다
희망없이 흘러가는 내 생의 꽃잎을 보았다

아들아 너의 희망은 무엇이더냐
더러운 세상, 희망이 없구나

천년을 흘러와서
천년을 흘러가는
강물은 내 안을 여울져
흘러나와 들판을 지나
푸른 산등성이 어느 무덤 속
흰 해골을 돌아,
복숭아나무 뿌리로 스며들어
화사한 분홍빛의 꽃을 피우고
꽃나무 아래 앉아
오줌을 누는 내 머리위에
떨어져 흩날려

강물 위로 굽이쳐 흘러간다

아들아 세상은 참 더럽고도
아름답구나.

임천강

진경옥

　백무동 계곡인지 칠선 계곡인지 다급하게 내친 걸음 잠시 돌아볼 사연 왜 없겠냐만 잊은 듯이 놓친 듯이 묵묵히 따르기로 강물보다 무심한 발길이 또 있으리. 먼 마을의 불빛도 손사래로 지나치고 너럭바위 질펀한 유림에 와서야 숨 고르는 물길, 함양군 유림면 서주리 다릿목 아래 모닥불 피우고 걸망 풀어 강 안 이쪽저쪽 서툰 줄을 놓고나니 어느새 북두칠성은 손 잡힐 듯 도드라진다. 앞서거니 뒤서거니 반딧불이들 일 없이 등을 달고 다슬기 줍는 아낙들 바쁜 손전등이 춤을 추는데 피라미 메기 떼는 우왕좌왕 물사래 친다. 모닥불 뒤적이면 몇 가닥 시름 집히는 그리움 왜 없으리. 고깝던 시정의 고달픔 물 따라 흘러가고 세상 만상이 강물에 떠 흘러가는데 후드득 자미꽃, 벗은 저도 따라 흘러 요요히 밤 깊는 여름 임천강.

빛은 물에 잠기고

진경이

잔 물결 밀려오는 소리
잠시, 머물다
어딘지 모를 해안가로
밀려날 때, 저 멀리
함께이고 싶다.

– 햇살이 하늘 문 열고 들어간 후
 기다림
 길게 문이 잠겼다. –

어둠이 장마 속 칠월 어느날

그렇다면 차라리
천둥번개를 동반할
장대비에 묻혀보는 몇날
긴 몇날이고도 싶다.

지옥 같은 군상들,
시달림은

망각 속으로 밀어내 버리고
새롭게 떠오른 밝은 햇살이
빛 바랜 영혼, 반듯하게
마름질 해 주길 기원하는
작은 소망 하나 마음에 담는다.

– 빛으로의 여행을 위해 –

춤

진동영

수챗구멍 거름망 속에 머리카락이 엉켜 있다.
세숫대야를 비울 때마다 발버둥치는 머리카락
어디로도 흘러가지 못하고 있다.

금호동 4가 우체국 앞 계단
여자가 길 위에 악다구니를 퍼붓고 있다.
여자의 손에 들린 비닐봉지가 공중에서 휘휘 돌고 있다.
유월 하늘 부스스 풀린 여자의 머리 위로
흰 구름이 떠가고 있다.

수채로 내려간 머리카락이 거름망에 걸려 있다.
머리카락을 붙잡고 있는 머리카락
비눗기를 타고 미끈하게 춤을 추고 있다.

광시증에 걸린 지구

차옥혜

지구의 눈에서 불빛이 번쩍거린다.
언제부터였을까 그 불빛에
무수히 많은 나뭇잎과 나비의 날개
데이고 타버린 것은

지금은 지구의 눈 안 이스라엘과 레바논 상공에서
불빛이 번쩍거린다.
지구의 평화가 지구의 눈 속 유리체가
자꾸만 떨어져나가
마침내 지구의 망막이 벗겨져버리면
지구는 장님이 된다는데 암흑이 된다는데

검은 파리나 지푸라기나 점들로
허공을 떠도는
억울하고 비참하게 죽은 유령들
비문증 날로 더 심해지는 눈을
좌우로 돌릴 때마다 번쩍이는 불빛

광시증에 걸린 지구를 위하여

누가 울고 있는가 하얀 깃발을 흔들며
누가 가고 있는가 하얀 깃발을 들고

빛

차한수

귀실마을 어귀에 옹달샘 하나 있다 그 샘물로 귀를 씻으면 귀가
밝아진다고 한다 귀가 어두운 사람들이 귀를 씻는다 귀가 어두우면
눈도 입도 어두워진다 아무리 씻어도 씻어도 어두워지는 귀 장대비
맞으며 밤길을 걷는다 귀는 자꾸 어두워진다 어두운 귀실마을에서
다시 귀를 씻는다

나는 매일 등대로 간다

채바다

보고 싶은 사람 있으면
나는 등대로 간다
등대로 가서 그 사람을 만난다

그 사람이 수평선에 있다
어제는 그 사람이 섬이었다가
오늘은 파도로 출렁인다

섬으로 다가서다가
파도로 밀려오는 사람
그 사람이 수평선에 있다

나는 매일 등대로 간다
등대로 가서 그 사람을 만난다
수평선으로 서 있는 사람

수평선으로 서 있는 사람이
오늘 별 하나로 떠 있다
그 별을 만나러 나는 등대로 간다

북

채풍묵

사물놀이를 시작한 아들에게
등허리를 맡기고
북으로 누워보니 알겠다
더 세게 두드리라는 말
맞아 보니 알겠다
가장 좋은 소리를 내는 북은
평생 농사일로 늙은 소가
벗어준 옷을 입은 것이라는 말
밟혀 보니 알겠다
늙은 소는 북채로 때릴 때마다
찌뿌드드한 소리 움찔움찔 주무르고
저린 소리 납작납작 밟아 펴면서
제 가죽 안에 한 소리를 길렀을 것이다
음, 좋은 소리는 시원한 소리였구나
꼭꼭 밟고 주무르고 두드려야
새어나오는 둥근 소리를 담고
뚜벅뚜벅 흙을 디뎠던 게다
한 발 한 발 둥 둥
땅의 소리로 기둥을 세워

하늘 아래 사물이 담기는
놀이의 집을 지었을 게다

갈울공원

천양희

물끄러미 나무들을 보고 있으면
나무에도 간격이 있다는 걸 알게 될 거야
이 공원이 낙원이 아니라도
마음 들어설 자리쯤은 될 테니
간격 두지 말고 와서 보렴
마들 바람소리 이 근처에 머물 때는
서울의 숨통이라 하였으나
너는 아마 실망할지도 몰라
환멸 없는 환상이 어디 있겠니
새소리 물소리 퍼렇게 달고 있는
나무들이 그래서 시퍼런 진실처럼 보일 수도 있을 거야
진실에도 오류가 있다고
너는 또 말할 테지
그래, 우리는 누구나
오류 속에서 비틀댈 수 있는 사람들이지
환상이 어떻게 우릴 망가뜨리는지는 말하지 않으마
인간으로 살기도 힘들다(네루다의 시에서)는 말도 하지 않으마
세상에는 갈 수도 울 수도 없는 일이 많을 테니
알려주마

나무껍질 두꺼우니
나이테 더욱 깊어질 것이다

일본의 낮달

최경신

일본 규슈 구마모도 성루에 구겨진 낮달 하나 걸려 있다 우리 할아버지 귀 닮았다. 삼대 사대 더 아득한 윗대 할아버지의 아들과 손자들이 왜병들에게 죽임 당하여 잘린 귀가 가마니에 담겨 현해탄을 건넜다더니

성주 加藤淸正 〈가또기요마사〉 의 정수리를 타고 앉아 파르르 떤다.

구룡폭포
―金剛山 紀行

최관수

구비에 숨어든 안개도
바람에 산산이 흩어지고
천의 무봉인데 어느새
겹겹이 금사로 수 놓았는가

관폭정 전망대 이르러
눈들어 바라본 구룡폭포
천룡 여의주는 어느새
팔폭연 구슬을 남기었는가

비상의 양날개 사이로
고고히 비취는 아침 햇살
구룡 웅비하니 어느새
금강산 산새도 숨죽이는가

나비 낮달 속으로 날아들다

최금지

부전나비 한 쌍이 민들레 돗자리 꽃방에 들었다
나폴나폴 하늑하늑
사랑의 과녁 부접대다 부풀어오른 더듬이봉

민들레, 나비의 운우지락을 받쳐주느라 발돋움한 오지랖 애드벌룬
처럼 팡팡하다
날개 치올리자 속눈썹이 파르르
숯불로 깊어진 사랑 칭칭 상모 돌리다 숫나비!
낭떠러지다
엿보던 바람 위기의 순간에 풀잎 쪽마루 이어주는데

폴폴폴
    폴폴폴
        폴폴폴

퉁겨진 햇살 틈새랑 마음풀밭에 흩뿌려진 나비 날개가루에서
왜 말랑말랑 살구향이 나나요

덩둘한 하늘 저켠 낮달은 뿔 내밀고

생존 경쟁

최도선

호랑거미 한 마리가
양재천 뚝방 잡목과 잡목 사이에
그물을 치고 있었다.
비행하던 잠자리 한 마리가 그만
그물에 탁 걸려 버렸다.
망사 날개를 파득이면 파득일 수록
점점 그물 속으로 빠져 들어만 간다.
몸 숨기고 있던 거미 쏜살같이 달려와
잠자리 머릴 댕겅 잘라 삼킬 무렵
풀숲에서 이 모습을 노려보던 사마귀가
잽싸게 호랑거미를 포획해 버렸다.

밝은 대낮 어둠 보다 깊은 죽음의 행렬 앞에
나는 오금이 붙어버렸다.
사마귀를 내리칠 엄두도 못 내고.

노인과 수평선

최동호

저물녘 수평선을 무릎 아래 두고
개를 끌고 가는 노인의
구부정한 실루엣은
전생의 주인을 모시고 가는
충직한 하인처럼 공손하다

다음 생에서 개는 주인이 되고
노인은 개가 되어
서로의 실루엣을 끌고
미래의 한 생애를 살아가고 있을 것이다
먼 바다에서 달려 온 파도가 마지막
어둠의 엉덩이를
해안선에서 철썩 후려쳐 되돌려 보낸 다음

새벽 갈매기가 먹이를 찾아 끼룩거리는
모래사장에서 개와 함께
뛰어 노는 아이들도 한 생애의 바퀴를 굴리고
언젠가 다시 저물녘
수평선을 그의 무릎 아래 두고

구부정한 실루엣과 더불어
개를 끌고 가는 노인이 될 것이다

철벽산 한 좌

최명길

오후 설악산은 철벽 한 장이었다.
시커멓고 가파른 게 남북을 가로지르고
높이도 만만치 않아
바라만 보아도 겁이 잔뜩 났다.
시커먼 곰이었다.
하루는 사는데 약이 오르고 심술이 나
이거나 걸머지고 저잣거리에
내다팔았으면 어떨까 하고도 생각했었다.
무심결에 그랬었다. 하지만 몰래
그걸 알아들었던지 그날 밤은 정말
그놈의 설악산이 곰처럼 으르렁거렸다.
나는 놀라 끙끙거리며 마음을 고쳐먹고
새벽에 이르러 다시 보니
그건 속기를 벗어던지고 나가앉은
깨끗한 큰 산 한 좌였다.

이야기

최명주

파도는
밤에도 쉬지 않는다

그리움을 가슴에 담아
육지로
육지로 밀려와
모래밭에 풀어 놓은 옛 이야기

밤하늘의 달빛
바다에 발을 담긴 채
밤은 흐른다

밤새
더듬어 손끝으로 쓴 편지
알 수 없는 상형문자

끓는 냄비속 물처럼

최상은

라면을 끓이려 렌지에 불을 켠다
한동안 바깥세상과 별 다를 것 없는
물의 일상이 평온한 기다림이다
서서히 달구어진 열의 한계점이 지난
퍼뜩이는 물의 분자들
수면을 차고 뛰어오르는
피라미 떼들의 춤이다
아니 몸부림이다
어디에 놓여있던
치열하게 끓어야 제 몫을 차지하는 세상
내 치열함은 어디에 숨겨졌는가
비열함 속에 은둔해 사는 자투리 같은 삶
뚜껑을 열 의기도 뺄어버린 채
부딪치기도 참으로 두렵고 성가셔
눈 딱 감고 귀 막아버린 청맹과니
. . . . ? !

가끔씩 돌연변이 짓거리로

지나쳤을 뿐인 욕망의 장으로
한번쯤 풍덩 빠져들고 싶다
거기 웅성거리는 군상들과 미친 듯 악수하며
아무렇지도 않게 섞여져
낼름거리는 혀가 되기 위한 연습으로
꼭 한번쯤!

물확 1

최서림

돌도 맑은 물을 먹어야
생명을 얻는다
제 성깔에 맞는
색깔을 낸다

하늘과 땅 사이,
하늘과 땅 모양으로
둥글어서 그득한 물확에
바위떡풀 하나

흰 꽃들이
기러기 모양으로,
시끄럽고 탁한 하늘을
텅 비어서 맑은 제 세상으로 바꾸며
높이 날아가고 있다

시간을 거슬러 올라타서
길을 열어가고 있다

오빠를 생각하며

최선영

오빠의 정원에 군자란이 피었네
한껏 목을 길게 뽑은 양이, 흡사
주인의 손을 기다리는 목마름 같네
오빠는 또 이사移舍를 가셨나?
이곳 저곳 많이도 옮겨 다닌
오빠의 교직생활, 이제야
이곳에 정착하시는가 여겼더니…

오빠의 생월生月 5월이
아름다운 향香단지 안고
우리 곁에 와 있네
저 싱그러운 초록의 손짓은
오빠의 기별인가?
가끔 새소리에 섞여 들리는
반음半音 낮은 오빠의 바이올린 가락

주소도 남기지 않은
마지막 이사에는
바이올린도 오빠의 것이 아니었네

머물지 않는 것은 빠져나가고
남은 것은 그리움과 애상哀傷의 잎들
오빠의 정원에
빗방울처럼 떨어지고 있네.

환생還生
-안데스 1

최영규

　폴리쉬빙하의 설벽은 밤새 불어댄 눈보라에 한겨울 광목 빨래처럼 하얗게 얼어붙어 있었다. 두 명의 공격조는 빙하중단 세락*지대의 테라스나 크레바스의 틈새에서 이 눈보라를 견뎠을 것이다. 새벽의 여명이 설벽 그 깊숙한 곳으로 푸르고 그리고 투명하게 천천히 스미고 있었다. 설벽을 올려다보며 공격조의 생존을 확인하려는 나의 눈빛도 밤새 숨도 못 쉴 것 같던 가슴도 날카로운 유리조각처럼 위태롭게 얼어붙어 있었다. 순간 순백색 빨래에 묻은 검은 티만 한 그들의 움직임이 포착되었다. 그들의 저 미미한 동작이 이 거대한 山 전체를 순간 되살려 내고 있었다.

* 세락(Serac): 빙하의 크레바스(갈라진 틈)에 생긴 탑 모양의 얼음덩이.
　　　일명 빙탑(氷塔)이라고 함.

너의 의미

최 옥

흐르는 물 위에도
스쳐가는 바람에게도
너는
지워지지 않는
발자국을 남긴다

한때는 니가 있어
아무도 볼 수 없는 걸
나는 볼 수 있었지

이제는 니가 없어
누구나 볼 수 있는 걸
나는 볼 수가 없다

내 삶보다 더 많이
널 사랑한 적은 없지만
너보다 더 많이
삶을 사랑한 적도 없다

아아, 찰나의 시간 속에
무한을 심을 줄 아는 너

수시로
내 삶을 흔드는
설렁줄 같은 너는, 너는

수선화

최원규

꽃잎 젖어
슬픈 빛깔
조용히 입 다물고 눈 감는다

꿈속에서
하얀 비단옷 걸치고
푸른 하늘 속을 날아 왔다

또 하나의 그림자
땅속에 한을 묻듯
몸채로 내려앉는다

아침 햇살과 향기
이곳을 오래 지키며
너의 미소를 바라본다

아! 오늘 너를 둔채
쓸모없는 짐을 챙기며
떠날 채비를 한다

꽃의 말씀

최일도

더는 물러나지 않아도
더는 나아지지 않아도 좋을 곳에
앉았습니다
두고 온 마을들과
어렵사리 접어온 세월들은
이제 잠잠합니다
내 그윽한
밀실에서는
또 하나의
작은 세계가 태동하고
침묵은 완숙한 가슴으로
나를 감싸 안고 있습니다
무너져도 소리나지 않을 때가 오면
떠나기 위해
죽어서 사는 길로
떠나기 위해
어둠과 빛의 한 가운데
앉았습니다
불안과 안정의 한 가운데에
앉았습니다

구근식물

최종천

마당 안의 꽃밭에 구근식물들은
비 온 뒤 그들의 깨끗하게 씻긴
예쁜 발가락들을 내 보이곤 한다
이 골목 천막을 친 기숙사에서
나는 그런 구근들을 가끔 보게 된다
잠결에 뒹굴다 내 밀어진 발들을
가만히 손끝으로 간질이면 들어간다
열대사막의 무슨 식물처럼 서서히 움직인다
나는 그녀를 지니고 나서부터
사랑은 植物的인 것이라고 확신하고 있다
홀랑 벗고 엉키고 있을 때면
인간은 하나의 球根인 것이다
인간의 정신이 본격적인 괘도에 진입한다면
사랑을 생물적인 것으로 인식하게 될 것이다
우리는 어린것들이
콩나물처럼 쑥쑥 자라난다고 말한다
그날 밤 나는 내 알뿌리 한 토막을
아내의 구덩이에 묻어 두었던 것이다

양파

최춘희

너의 실체는 여기에 없다

껍질 벗겨 낼수록

점점 사라지는 물증을 봐라

속내 겹겹이 숨겨두고

눈물만 쏟게 한 매운 삶을 반성 한다

붉은 시간의 그물에 갇혀

공회전한 날들

알 수 없는

생의 허우대들

사모의 情

최향숙

당신을 사랑 합니다.
그러나 꽃의 향기로
갈 수 없던 날이 있었습니다.

병마가 내게 안겼다
떠나는 시간 내내
소식 전하지 못했습니다.

예쁜 미소에
물빛 머플러 나부끼며
살포시 다가가고 싶었지요.

야속한 세월
– 그 잠시 !
이제 당신을 향해 내 달려가렵니다.

시인들이여, 시를 더욱 잘 써 보시오

최홍규

시인들이여, 여기 믿을만한 고급 정보가 있소
2006년 상반기 베스트셀러 순위 15
1. 마시멜로 이야기, 호아킴 데 포사다
2. 끌리는 사람은 1%가 다르다, 이민규
3. 사랑 후에 오는 것들, 공지영
4. 해커스 뉴토익 Reading, 데이비드 조
5. 살아있는 것은 다 행복하라, 법정
6. 다 빈치 코드 1, 댄 브라운
7. 긍정의 힘, 조엘 오스틴
8. 경제학 콘서트, 팀 하포드
9. 배려, 한상복
10. 핑 스튜어트, 에이버리 골드
11. 우리들의 행복한 시간, 공지영
12. 여자의 모든 인생은 20대에 결정된다, 남인숙
13. 해커스 뉴토익 Listening, 데이비드 조
14. 모모, 마하엘 엔데
15. 지도 밖으로 행군하라, 한비야
우리 시인들 시집이 한 권도 안 들었소
이 땅에 그 많은 시인들이 한 해에

천여 권의 시집을 다투어 내고 있는데
한 권도 들지 않았다니 큰 걱정거리요
아직 시간은 있소 낙담 마시고 분발하시오
시인들이여, 시를 더욱 잘 써 보시오.

허공

최휘웅

허공은 물렁물렁 하다
예리한 칼날을 들이대도 베어지지 않는다
주먹을 휘둘러도 상처나지 않는다
아무리 둔한 망치로 때려도 망가지지 않는다

허공은 안을 수 없다
아무리 벌려도 팔안에 들어오지 않는다
어떤 그릇도 허공은 담을 수 없다.
허공은 누구도 소유할 수 없다.

인생의 막다른 골목에 와서
비로소 가슴으로 허공을 만진다.
머리 바로 위에 와 있는 허공을 느낀다
물렁물렁 하고 단단한 무한대의 허공을

나는 지금 허공의 중심에 있다
허공에 둥둥 누워서
누려왔던 모든 누더기들을 벗는다
가벼워지지 않고는 허공을 탈 수 없다

허공에서 미끄러지지 않기 위하여
나는 새가 되어야 한다
세상의 모든 짐을 내려놓지 않으면 안 된다.

오도烏島 친구

추교석

철지난 바닷가
은빛 멸치 바람에 뒤척이는
영일만 호미虎尾자락
칠포 앞 바다

까마귀 떼
눈 시린 바다에
홀로 남았네

물회 한 그릇 반상해 놓고
옛 친구와
바다를 기울여 마신다

빈 술잔에 그리움 부어
먼 해안선을 바라본다

해안선을 따라 가물거리는
내 유년 시절
술잔에 어른거린다.

저녁에

추명희

앞치마에
물기를 닦으며
날이 저문다

저물녘
나를 맞이하던
엄마처럼

놀다 지쳐
깃들던
아늑한
품 속

목마름은
다 어디로 가고
내 피는
한없이 순해져

두고 온

꿈도
까맣게 잊어버린 채

날이 저문다
용서라는 말처럼

노숙
－인도기행1

탁영완

　까만 얼굴에 눈뿐인 아이 맨 아랫도리 길바닥에 퍼질고 앉아 울지도 않고 자란다. 흙이 아이를 품어 머리카락을 키우고 살 없이 키를 키운다. 긴 머리 뼈 가죽 주름마다 켜켜이 이승의 먼지와 소음을 새겨 나뭇가지를 닮아가는 빈 손, 하릴 없이 적빈의 손을 내밀고 앉아 늙는다.

　커다란 보리수나무, 뿌리를 백발로 주렁주렁 늘이고 아이처럼 열매를 떨구어 땅에 기른다. 건기의 빗방울처럼 인색한 적선으로도 하루치의 풀은 나서 자라고 그늘을 드리운 나무가 된다.

　거리에서 늙은 보리수, 하늘에서 뿌리를 늘이고 애초에 집을 짓지 않는가 보다.

첫날 밤

편부경

독도의 하루가 저문다
등성이 마다 내리는 장막
그림 속 등대 살아있는 빛으로 어둠을 돈다
날지 못한 갈매기
춥게 웅크린 한 여름의 첫날 밤
여기는 독도리 20번지

울릉도에서 여섯 시간
느린 걸음을 풀어놓고 돌아서는 예인선
힘겨운 밤을 매달고 부선을 매달고
남은 자의 또렷한 기억을 매달고

돌아오마 약속의 말
바람이 지우고 파도가 씻고
희미한 세상 품을 향해 사라지는 점 점
여기는 북위 삼십칠도 섬
사방에서 달려드는 소름은
울음일까 웃음일까

건너 섬 등대 곁
환한 야간 보초경의 눈망울
보임직한 거리에서
오랜 설레임을 내려놓고도
잠들지 못하는 그대안의 몸 트림
행복이라 말하기 이른 이유 있는 것은

?

하연승

X線이 (내) 목 디스크를 그렸다

이내 간섭파주파에 걸려
저리저리 저리는 그 퀘션

의문의 틈새는 뼈들의
사무친 내부를 비틀어 놓았다
어언-

폭포

하청호

누구인가.

높푸른 바위벽에
하늘에서
땅으로 내리치는
저 힘찬 손길

흰 물감 듬뿍 찍어
하늘에서
땅으로
단숨에 내리 긋는
저 힘찬 붓질

하얀 폭포.

돌이

하태수

줄줄이 태어나는 새끼강아지
어미는 하나하나 하얀 보자기 뜯어 터트리면
낑낑대는 신음소리 하늘은 안다

우두커니 개집 앞에선 태양
오후 한때 긴장하고
3시간여 진통 끝에 태어난10마리 중 9마리
세상구경 하는데

태반을 벗지 못한 한 놈 배설물 뒤집어쓴 채
축 늘어진 몸뚱아리 검은 그림자 찾아올 때쯤
하얀 보자기 벗기지 못한 어미
싸늘하게 식어가는 새끼 1마리 물고 안절부절 못하다
나를 향해 슬픈 눈맞춤하더니 쓰러진다

차가워진 탯줄 잘리고 지붕에 올려진 그놈
밥그릇에 걸린 햇살과 입맞춤 하더니
심장의 박동소리는 쭈그러진 양철지붕 울린다

곰지락거리던 돌이의 울음소리 빈 헛간 지키다가
산길 따라 들길 따라 메아리 되어 노을로 오면
저 언덕배기 경운기소리에
오늘도 마중 나온다.

청문회

하현식

    티브이를 켜자 검은 정장의 장정들이 팔루치에서 참수 당한 청년의 죽음을 은빛 마이크에서 끄집어냈다 소쩍새 음색을 띤 여자가 잇따라 크낙새처럼 열심히 탁자를 쪼다가 사라졌다 바그다드의 검붉은 폭음이 장내를 흔들기 시작했다 총구에서 튀는 불꽃처럼 으시대며 죽은 자들을 더 깊은 죽음으로 끌고 갔다 영영 살아 돌아오지 못하는 청년은 이라크 말을 내뱉으며 마이크를 잡은 인간들의 눈빛을 향하여 사정거리가 맞지 않는 총포를 쏘아붙였다 유난히 머리칼이 까만 남자의 말은 섬짓한 칼끝에서 뿌려지는 섬광처럼 눈부셨다 알자지라 방송이 쏟아내는 알카에다의 선언문은 예리하게 청취한 자들의 가슴팍을 새까맣게 꿰뚫고 지나갔다 무심코 마지막 리모콘을 작동 시키자 참수 당한 사내의 모발이 되살아나 오랑우탕의 손짓으로 평화와 신과 조국을 역설하는 그림으로 떠올렸다 살아남은 자들은 열심히 살아남아 죽음에 대한 향수에 대하여 질문하고 또 대답하였다.

별別

한분순

가맣게 잊었는데
더러
댓닢 푸르듯
돋는,

저만치 밀쳐놨는데
쉬엄쉬엄
기어나오는,

그 하루 창문만 여닫으며
아주
출입을 닫았다.

초봄 엽서

한상남

당신이 오신다는 소식만으로
새들이 우짖지 않고는 못 배기는 이유를 알겠다

정맥이 솟은 나무들
겨우내 구도의 자세로 품었던
뜨거운 화두가 무엇인지 알겠다

이 은밀한 향기로
간밤에 상륙하시니
우리 숨죽여 울던 기억들
불현듯 아득하고

오, 당신이 문을 두드릴 때
상처마다 옹이를 앉힌 사람들이
아름다운 이유를 이제 알겠다

고향 마을

한상준

지난 겨울 난데없는
폭설에 잠긴 고향마을
나무도 새도 고개 숙인
호젓한 설야(雪野)의 밤
군고구마로 허기를 채우던
유년시절의 회억(回憶)이 새롭다

언제 꺼질지 모르는
등잔불 아래서
배 깔고 엎드려 공부하던
개구쟁이 시절
그 그을음 한 줌이 희망으로 자라나
이젠
진달래 빛 노을이 되었건만

언제고 눈(雪)만 오면
떠오르는 화롯불과
일본어와 쑥떡 생각이
한 떨기 들국화처럼
새롭게 떠오른다.

詩에게

한소운

기차를 타고 고향 가는 길 옆자리 꼬마 여자아이 내게 귓속말을
한다 "이건 비밀인데요 우리 가족에게 절대로 말하면 안돼요 우리
엄마 임신했어요" 오라! 너의 어머니가 아들을 기다리는구나 그 아
이의 뒷자리엔 가족인 할머니와 또 다른 여자아이와 배가 부른 그
아이의 어머니가 나란히 앉아 있었다 임신이 자기의 기쁨인양 무척
좋아하는 아이의 모습은 곧 남자아이가 태어날 걸로 믿는 저 확신,
나도 갑자기 잉태가 하고 싶었다 열 달이던 스무 달이던 기다려서
세상 어디 내놓아도 안심이 되는 그런 옹골찬 아이 하나 쑤욱 낳고
싶다

꽃구두

한우진

샤방 샤방 샤랄라

뒷모습만 보여줘
너무 자라지는 마

샤방 샤방 샤랄라

　벌써 꽃구두를 사들이다니, 아니 그렇담 늙은 게야, 네 몸에서 꽃무늬가 빠져나가고 있는 게야, 쭈글쭈글해지는 미美여, 풍선이여, 벌써 강가에서 서성대다니, 다 저녁 때라니, 아니 그렇담 이른 게야, 늙은 개가 콜타르를 뒤집어쓰고 어슬렁거릴 게야, 틀림없이 밤을 앞세워 뻗은 길마다 으드득 삭정이 부러지는 소리가 들릴 게야, 그때까지는 기다려야 해, 뼈가 길바닥에 징 박는 저녁이여, 석유石油 같은 피를 옮기는 링거 관管이여, 너는 거기에 크리스마스트리에 걸던 손톱만한 전구를 주렁주렁 거는 거야, 아쉽지만 벌써 새벽이라니, 아니 그렇담 생솔가지 타는 연기가 곧 퍼질 게야, 눈물을 아무리 흘려도 늙음이 늦춰지거나 줄어들지는 않아,

　너무 자라지는 마

샤방 샤방 샤랄라
꽃구두에
줄어드는 생生을 집어넣고
샤방 샤방 샤랄라

발목을 잡다

한이나

장가계 깎아지른 절벽, 세상 밖
다리 난간 쇠줄에 자물통 잠그어
버려 두었더니
천길벼랑 수풀 속 열쇠 붉게
녹슬었다
세월의 진액 제 몸에 두르고
서로에게 끼워졌던 한 시절을
끌어안고 있다
봐라, 한 겹씩 한 겹씩 기억을 벗겨보면
잠궈진 사람 하나 발목 잡고 있지 않는지
자신이 열쇠였음을 버리고
오지 않았는지
주렁주렁 매달린 자물통을 보다가
발목을 붙잡힌다

추억은 매독이다

한재만

나는 먹다 말고 버려진 게딱지다

게딱지, 작아서 이쁜
무서웁다 절망의 검정고무신 한 짝

강 너머 멀리 숨어 든
산 등성, 급히 흘린 얼굴 없는 그림자
아직도 강은 침묵하고

노고단은 정말 아버지의 등이었을까
속절없이 무너지는 얼룩진 노란 유리창
입춘경칩이 짓밟고 가고
동지섣달이 짓밟고 가고

아버지 맥고모자의
소리 없는 눈밭
저 눈밭
추억이란 매독이다
나에게 추억은 없다

그리움

한정명

이른 새벽
마당가에 내려선다

호박 넝쿨
유난히 푸르다

수돗가 이끼도
반짝이며 반긴다

좁은 마당
푸른 반딧불처럼 그리움 찰랑거린다

어제 사온 나리꽃과 해바라기 꽃이
장독대 빈 항아리 틈에 삽화(揷花)처럼 끼어서
그곳 긴 이야기 듣고 있다

살랑한 바람
골목에서 불어오고
지난날들이 줄지어 달려온다

임서臨書

한정원

가을은 단풍 뒤에 있는 것이 아니지
단풍은 가을 속에 따로 들어가
한 자리를 물들이는 것이 아니지
뿌리고, 흘리고, 쏟아붓고
신발 신은 채로 산속으로 올라가
자기 몸의 한 획 한 획을
풍경에 맞추어 꼭 눌러 써보는 것
한쪽 눈은 지그시 감고 황금분할의 거리에서
붓은 대지말고 팔의 힘을 빼고
그냥 나무가 되어보고
햇빛의 구멍 사이로 떨어져보는 것이지
골짜기 흘러가는 물 위에 서진을 올려놓고
잠시 세상을 고정시켜 놓는 것
산새 소리는 언제나 투명해서
바닥이 드러날 때 베끼는 일은 더 쉬워져
가을은 중봉中峰으로 서서 파지 한 장 없이
글을 쓰고 있는 것이지

빗금이 풀어지고 있다

한창옥

입과 귀
사이는 빗금 그어진 적막의 시간 오늘도 생에 갇힌 언어의 살 아
프게 뜯어내며 빗금의 경계를 허무는 2111호 소년, 트이지 않는 목
울대에 꾹꾹 박힌 유리조각 한 조각씩 빼어내는 울부짖음 같은 뜨
거운 입김은 오랫동안 한낮 속으로 내려앉는다

온전한 입과 귀가 있어도 빌어 먹는 사람들 모순에 간절한 바램
같은 외침은 혈육의 살 속을 파고드는 통증

귀와 입
사이는 통로없는 공터, 나뭇가지마다 걸터앉는 바람을 향해 진종
일 "흐으흥 흐으흥" 뼈 없는 언어의 허리를 틀며 빗금의 경계를 허
문다 조각조각 터져있을 속내 붙이고 꿰맨 겹겹의 가슴 되어 세상
속으로 스며들어야 하는 이치를 아는 듯

응어리 들어앉은 눈동자는
푸른 빛의 질긴 의미를 조금씩 알게 해주는 그,
푸른 빛의 소리를 자꾸만 들려주는 그,

빗금이 풀어지고 있다

백목련白木蓮

한풍작

어지러운 바람 끝
이슬비 향기

봄 꽃피는
열 일곱 뜨락

흐르는 흰구름
하얀 날개짓

백학白鶴 천 마리가
앉았습니다.

객 승客僧

함영덕

언제나 반겨주는 처마 끝이 아름답다
진달래꽃이 온 산을 붉게 태우고 있다
별들이 골짜기를 따라 떠내려 가고
사리탑 앞 아름드리 고목나무엔
달빛이 걸려 있다

풍경은 곤히 잠들고
법당은 굳게 잠겨 있다
마루에 걸터앉아 바랑을 푼다
뻐꾸기소리 바리에 담는다

숲은 새들이 배설한 흔적을
싹 틔우지만
새들은 길을 헤매는
내 뒷모습을 알고 있다
파도도 알고 있다
지난 밤 다녀간 발자국을

단풍나무 아래

허금주

단풍나무 아래
둥근 무덤이 있다
무덤 속에는
환한 낮 햇빛 속에 흐느끼는
제 몸에 화살을 꽂아
제 몸을 찢으며 우는
나뭇잎 물관 그 하나하나의 골마다
언니의 울음소리가 있다
나는 이파리를 조심스레 귀에 대어본다
그리움 한 귀퉁이에 목매달게 한
저녁별이 된 언니가
나와 한 뿌리에 얽혔던 인연으로
고행의 길을 보여주려고
그녀 봉분을 만들었다, 너무 일찍
울어 폐허가 된 언니의 그리움을 오른다
영원히 풀꽃 향내에 젖어있을
언니의 그리운 노랫가락이
단풍나무 아래
둥근 무덤을 키우며
온몸을 불태우고 있다

물 속의 거울

허문영

누군가 개울물 속에다 빛 바랜 거울 하나를 버렸나 보다. 돌 틈에 눌려 깨어질 듯 쓰러져 있는 거울은 아직도 빈 하늘을 비추고 있다. 차가운 개울물은 거울의 온 몸을 넘나들며 은빛 영혼을 닦아주고 있다. 나의 과거사처럼 거울에게도 추억거리가 남아 있으리라. 누군가에게 버림을 받은 셈인데 그 누군가의 얼굴도 거울 속에 메모리로 남아있을 것이다. 반짝이는 것이라곤 아무 것도 없는 집안에서 어머니는 유달리 거울을 닦고 또 닦았다. 일곱 식구의 얼굴을 오랫동안 비추고 있는 거울에게 고운 정이 들었을 것이다. 물 속의 거울 위로 눈이 빨간 열목어들이 모여 들었다. 이제 거울이 단풍색으로 물들었다. 가시고기 한 무리도 거울 위에서 가족사진을 찍고 갔다. 사람이 버린 거울이 개울가 살아있는 것들의 거울이 되었다. 나는 개울 속 너른 모래무덤 위에 거울을 옮겨 놓았다. 들여다 보니 물 속 거울 안에 주름진 얼굴이 있다. 그 옆에 더 주름진 얼굴이 일렁인다.

이 풍진 세상

허소라

우리가 굳이 떠밀지 않아도
겨울이 떠나고
우리가 굳이 손짓하지 않아도
봄은 이렇게 절룩이며 오는데
개나리 진달래 흐드러지게 피는데
그러나 그 어느 곳에도 구경꾼은 없더라
팔짱 낀 구경꾼은 없더라
지난 폭설이나 산불에도
온전히 죽지 못하고 썩지 못한 것들
마침표 없이 출렁이는 저 파도 속에
비로소 그 큰 눈을 감는데
아무도 구경꾼은 없더라
그때 우리 모두는 증언장에 갔으므로

넓게 수렴되다

허순위

또다시 잎이 돋는 봄의 기적이 눈물겹다
초봄 야산 아래 드넓게 엎드린 창포밭
창포는 꼭 세 잎의 약속을 지닌 채
지난 해 가랑잎을 뚫고 올라온
생기는 여리고 히스테리칼하지만
한없이 부드러운 뾰죽한 힘이 되어
마른 허공에 날카로운 사랑의 테러를 일으킨다
흩어진 내 슬픔을 찾아 팔을 뻗고 손을 펴는
창포잎의 탄생을 바라보다가
나는 꽃을 피운 줄 알았다는 말이 소름처럼 돋아났다
노래를 처음 느낄 때처럼 괴롭고 파래지고 있었다
창포잎 삼지창에 눈까지 꿰이자
발 아래 흙의 등뼈가 활처럼 휘어지면서
하늘 가득히 푸른 새떼가 날아 오르 듯
공중에 치솟아오르는 무수한 잎인 나는
흩어진 당신들을 모아 당신이라 이름 부른다

네 머리칼에서

허영자

네 머리칼에서
화약 냄새가 난다
잘 익은 귀리냄새가 나던
네 머리칼에서

속삭이는 사랑의 밀어에도
네 귀는 닫혀있고
별빛 출렁이는 밤바다 같은
네 눈은 감겨 있다

소녀여
네 몸에서 풍기는 피 비릿내
체 게바라도 아니면서
너는 왜 죽어 가느냐

사상이나 주의의 펄럭이는 깃발
종교와 국경을 금 긋는 난도질
어른들이 하는 더러운 짓거리
그 아무 것도 모르면서

그 아무 것도 모르면서
소녀여
화염의 한가운데서 사냥당하는
여리고 여린 생명이여.

어머니에게

허의행

내 자지를 제일 많이 들여다 보고 만져준 여자는 어머니다 어머니
다음 여자는 할머니다 할머니 다음 여자는 누가 될지 아직 미정이다
어머니와 할머니는 오이 맺히듯 맺히기만 한 자지를 만져주고 쓸어
올려주며 자지가 쑥쑥 자라나 몽둥이처럼 되기를 바라고 바랬다

자지엔 날마다 물이 올라 자라났다 유치원 지나 초등학교를 졸업
했다 중학교 때부터 오늘까지 어머니와 할머니는 내 자지가 보고싶
어도 보려고 하지 않는다 나도 보여주지 않으니까 팬티를 빨아줄
때마다 상상으로 몽둥이가 되었을 자지의 모습을 짐작하는 것 같다

지금이라도 내 자지를 어머니나 할머니가 보고싶다면 바지며 팬
티를 훌렁 내리고 다 자라나 몽둥이가 된 모습을 그대로 보여주고
자랑하고 싶다 그리고 다음 내 자지를 마음대로 만져주고 보아줄
여자는 성모 마리아가 좋겠다고 말하고 싶다 동정녀 마리아 같은
여자가!

불면

허청미

한낮에 몸을 드러내는 것들
햇빛이 통과할 수 없어
한쪽만 보여 주는 것들
투명하지 않은 배후가 궁금하다
그 속이 수상하다
뒤를 좇다 그림자를 놓친
눈썹이 허적허적 밤을 건너간다

금물로 쓴 글씨

허형만

지성으로 절에 다니시는 어머니께서
장롱 깊숙한 곳에 모셔둔
금물로 씌어진 반야심경을 내놓으시며
제 손을 고즈너기 잡으셨지요
저도 어머니 마를마를한 손결이
어쩌면 이리도 다사롭냐고 눈웃음 쳐주고
알만한 글자 홰친홰친 읽어 내려가니
눈물 흘리시며 나무아미타불 합장하셨지요
그날 밤 저는 잠 한 숨 못 잤어요
어머니 흘리시던 그 여울 같은 눈물이
하전하전한 나이신데도 당신의 피를
금물로 바꾸신 글씨였음을 알았거든요

봄

허홍구

꽃망울 터지는 봄날

"선생님은 참 재밌고 젊어 보여요."

내 팔에 매달리는 꽃이 있다

애교가 찰찰 넘치는 고운 꽃이다

묵은 가지 겨드랑이 가렵더니
새 순 돋는다.

아무래도 이번 봄에는
꽃밭에 넘어 질 것 같다

꼭, 넘어 질 것 같다

너에게 가는 길

홍경임

너에게 가는 길은
허무에서 허무로만 물든 길
어둠만이 깃든 고샅길

소나기 퍼분 후
하늘에 걸린 일곱 빛깔
무지개를 그리며 달려온 대숲 깊은 길

광열한 태양빛에
가슴을 열어 전율하며 가는
너에게 가는 길엔
보라색 절망의 열매 달고 너도밤나무 줄지어 서 있고

미래를 향해 날개 달고
갈대숲이 우거진 미로를 지나
바람소리와 흔들림과 어둠과 공허만이
친구하는 회색길

엉겅퀴 우거진 숲속

은빛 사시나무 광풍에 떨고 있는
진눈깨비 내리는 길 너에게 가는 길

우울함에 대하여

홍금자

나의 우울한 서성거림

멀리서도 난 늘 너를 읽고 있지만
우리는 단절을 경험합니다

가끔은 마당 귀퉁이에 서 있는
모과나무에서 매미가 웁니다
덩달아 아이도 웁니다

우리는 서로가 서로를 놓지 못하는
일상 속 타성의 끈에서
변변치 못한 사랑을 채취합니다
결국은 몽롱한 맨살로
삶의 빛나는 진실을 발견했다고
경건한 악수를 청하기도 합니다

그러나 눈물은
눈에서 풀려났지만
다시는 돌아갈 수 없습니다

내 사랑도 밀물져 온 이 자리에서
처음 자리로 되돌아 갈 수 없음을 알고 있습니다

우울로 덮인 하루가 또 바람에 흔들립니다.

저장 탱크

홍사안

내 저장탱크는
육중한 돌문을 부수고
모래알 같은 토씨 하나까지
펄펄 살아서
정확한 계산법으로
나를 괴롭히더니
이제 내 저장탱크는
빛바랜 흑백 필름만
가득 쌓였는 지
묻어두고 싶었던
케케묵은 기억만
죄다 동반하고 나와
우선권을 주장하며
발언은 잘 하는 데
저장해 둔 기억 속 낱말
찾아내려면 가물대어
나를 곤혹스럽게 만든다
열심히 저축한
새 낱말 저장하려고

부지런히 뛰어가니
들어 올 자리 없다고
거절하는 고약한 심보.

세·한·도 歲寒圖

홍윤표

유수한 세월에 빛 바랜 세한도 속에서
선비정신이 밴 묵향을 맛보았다
관가에서 물려받아 오래 보존 된 한옥
팔작지붕이며 안채 사당채 문간채
사랑채를 전부를 지키니
비수로 깎은 인장과 고고한 먹물의 작품은
아직 퇴직하지 않은 채 굴렁쇠처럼
생명이 살아 숨쉬었다
춘색春色들어 정원에 핀 모란꽃이며
올해도 어김없이 치맛자락에 쌓여
분장한 고운 얼굴이며 옻 순이 물든
진한 묵향기가 젖어있었다
해마다 서도인의 품성을 길러온 추사고택
먼 황사바람에도 백송은 명성이 높았다
마을 성곽을 두른 과수원엔
배꽃바람이 살랑살랑 귀밑을 다녀간다
쪽문 밖 우거진 백목련 활짝 벙글어
고향하늘에 묵향이 번질 때
뒷산 두견새도 추사秋史의 넋을 슬퍼했다

당신이 남긴 문인화 세한도 한 폭이
백송처럼 대견스럽다
나는 필선筆線 강한 송백松柏의 기상을
갈아입고 묘소 가는 길에 핀 목련
꽃잎에 묵필로 낙화했다.

먼 산

홍정숙

경칩날, 안개 뒤로
수줍어 숨는 신부처럼
네 모습이 사라졌다
아니다
너는 언제나 거기 있는데
변하는 것은 내 마음이다
한 번도 곁에서
마음놓고 볼 수 없어서
더 아른거리는 너
오늘은 빌딩을 밀어서
너에게 가는
징검다리 놓다가
실루엣으로 너를 만나다니

눈 내리는 밤하늘에

홍천안

야경꾼이 방망이
두개를 마주치며
동네 골목길을 돈다

목도리를 목에 감고
털 아망을 눌러 쓰고
눈 내리는 밤하늘에
울려퍼지는 메아리

따다닥 따다닥

찹쌀떡 장수 외치는 소리
겨울밤을 깨운다
"찹쌀떡 사려"
야경꾼 방망이 소리와 부딛친다

눈 내리는 밤하늘에 숨은
별들이 밀회를 즐기는 시간
나뭇가지에는 눈꽃이

소리 없이 피어나고

바가지 막걸리에 취한
신기루, 목은 간 데 없고
휘청거리는 두 다리를 이끌고
어디론가 멀어져간다

달이 먹다 日蝕

황경식

몸과 몸 포개지며

나의 해여

너를 그대로 먹을 수 없을까
온 누리 캄캄해 질 때까지

부드러운 혀 내밀어 너를 삼키며
내안의 너가 자라, 금빛 발톱 내밀고
껍질을 깨며 날아오를 수 있을까

눈 꽃

황국산

하얀 눈꽃 한 송이
그대 가슴에 달아주고 싶다
너무나 희어서
눈꽃마저 무색해질
그대의 얼굴
그래도 나는
가장 하얀 놈 하나 골라서
큰맘 먹고 툭 분질러
그대 가슴에 달아주고 싶다
하얀색은 하얀색끼리 어울려
그대 얼굴은 더욱 빛나고
나의 눈꽃은 시들어도
그대의 눈빛은 더욱
영롱하게 빛나리라
온 세상이 오늘 같이
하얀 눈꽃으로 만발한 날은
나도 하얗게 변하여서
하얀 그대 만나
하얗게 살고 싶다

새

황금찬

앉을 자리를
마련해 놓고
창을 열어 놓았다

새는 무덤이 없다
공동묘지도

종교가 없는
새의 영혼은
어디로 갈까?

꽃의 영혼들이 가는
그 나라 일 게다

그들 영혼이 가는
그 나라

새도 연인이 있다고 한다
꽃이 그렇듯이

내가
새를 기다리는 까닭이다.

집짓기

황명강

푸른 기왓장 몇 지붕에 얹고 그 위에 누웠다
오늘 한 일의 전부이다
마음 닿지 않아 허방인 서까래 쪽에는
어둠 한 폭 흘러내려
가장 아름다운 무늬인 듯
방울토마토 같은 별 다섯 개 열려있다
대롱대롱 매달린 별은
손 내밀면 잡힐 거리에서 첫 키스처럼 반짝인다
누운 채 별을 따먹는 것은 행운일까
뒤척거리다 돌아눕는다
철들기 시작하면서 부터 지어온 집
이제 겨우 지붕 덮고 있으니
박꽃은 언제 피우나
무지개 같던 그는 희끗희끗 해졌겠다
그러나
불 붙어 십분 만에 폭삭 내려 앉았다는
대형 모델하우스 같은 여자는 부럽지 않다
바람의 허영기나 굴릴 짙은 화장은 더욱 그렇다
지글거리는 고통과 희망 버무려 오래 구운 벽돌

아버지처럼 뼈대 단단한 집이어야
백년은 거뜬히 버틸 것이다
오랜 친구인 망치와 톱이 일어선다
오늘밤은 잠들기 틀렸으니
세상 한 귀퉁이 뭉청 베어와 지붕을 여며야겠다

우리의 사랑이 詩가 되게 하는

황영순

우리의 사랑은
얼마나 오랜 기다림이었던가?
새날 신 새벽이 그리웠다
언 땅에서의 차디찬 꿈은
또 얼마나 서러웠던 이야기인가
어딘가에 얽혀 묶인다는 것은
길고 긴 어둠, 아픔이었다
그러나 하느님은 사람을 사랑하시어
또 하나의 스텝을 밟게 하신다.
새로운 자유의 삶을
내어 주신다.
움켜쥐었던 손을 쫘악 펴고
붙들고 있던 그네줄을 놓게 하신다.
비로소 하느님은 내 손을 잡고
내 가슴을 베어 내
이 땅 저 하늘 위에서의
아름다운 비행을
꿈의 세계를 보여 주신다
우리의 사랑이 詩가 되게 하는
이제 나는 그분의 작품이다.

폭포 앞에서

황인동

물이 벼랑 끝에 서 있다
뛰어내릴지언정
물러서지는 않을 기세다
저건 오기가 아니고 천성이겠지만
뛰어내리는데는 다 사연이 있을 거다
부딪혀서 깨어지면서도
겁도 없이 뛰어내리는 저 폭포수처럼
지금 내가, 벼랑 끝 물이 되어
그대를 향해 사정없이 뛰어내린다
오기라 해도 좋다
그만큼 사랑하니까.......

수락산

황성이

산이여…

오-수락산 그대는
나의 어버이의 어버이셨던
아득한 조상의 원초의 넋이었어라

유구한 한양의 우아한 후미를
말 없이 지키고 선
억만 년, 침묵을 안은 수락의 산신령이시여

그대는 나의 성심을 기대일
미더운 언덕이 되어주나니

아득히 저 높은 그대 산머리를 넘어
우주의 심장인 듯이
빠알간 아침 해가 솟아오르며
해맑은 저녁 달이
임의 고운 마음을 담고 떠오르나니
맑은 바람이 수락산을 넘어 흐르고

흰빛 구름 흘러 흘러
수락산을 넘어 꽃 피어오나니

천계인 듯 황새가 수락산 넘어 날아오고
반가운 통일의 소식 또한
수락산 넘어 울려퍼지네

올해의 좋은 시

인쇄일 초판 1쇄 2006년 12월 15일
        2쇄 2015년 08월 02일
발행일 초판 1쇄 2006년 12월 23일
        2쇄 2015년 08월 08일

지은이 사단법인 한국 시인 협회
발행인 정 찬 용
발행처 국학자료원
등록일 2006.113.02 제2007-12호

서울시 강동구 성내동 447-11 현영빌딩 2층
Tel : 442-4623~4 Fax : 442-4625
www. kookhak.co.kr
E- mail : kookhak2001@hanmail.net
가 격 20,000원
ISBN : 978 89 95882 76 4
★저자와의 협의 하에 인지는 생략합니다.